为什麼我不是讀書人

陈丹青　著

九 州 出 版 社
JIUZHOUPRESS

图书在版编目(CIP)数据

为什么我不是读书人 / 陈丹青著 . -- 北京:九州
出版社, 2023.9(2023.9 重印)

ISBN 978-7-5225-2035-3

Ⅰ.①为… Ⅱ.①陈… Ⅲ.①杂文—作品集—中国—
当代 Ⅳ.① I267.1

中国国家版本馆 CIP 数据核字 (2023) 第 138446 号

为什么我不是读书人

作 者	陈丹青 著	
责任编辑	周 春	
出版发行	九州出版社	
地 址	北京市西城区阜外大街甲35号 (100037)	
发行电话	(010) 68992190/3/5/6	
网 址	www.jiuzhoupress.com	
印 刷	山东韵杰文化科技有限公司	
开 本	850毫米×1168毫米 32开	
印 张	10.75	
字 数	172千	
版 次	2023年9月第1版	
印 次	2023年9月第2次印刷	
书 号	ISBN 978-7-5225-2035-3	
定 价	89.00元	

序

如同我的过去的"书"，这本集子仍是一堆杂稿。因为杂，分为五辑。题作书名的讲演远在 2009 年，连同几篇陈年旧稿，今天看，早经隔世。稍稍好玩的勾当，过去十年，是做《局部》，但我就此成了供人合影的背板。

起先，有说看了《局部》的，我便心软，近年呢，随便哪里冷不丁路遇——"您是……拍个照吧"——我抽身就走。为什么？很晚我才意识到自己的愚蠢：人家拍照，只为转发。

当十九世纪中叶出现照相术，波德莱尔叹道：

> 我们这可憎的社会急不可待凝视自己微不足道的形象，就像那珂索斯一样……陷入非同寻常的狂热。

今天，这狂热会令波德莱尔瞠目结舌。被传播学看作新世纪的重大事物之一，是"自拍"。其实自拍者的"急不可待"，还是转发。不是吗，"粉丝"并非要跟你合影，而是，已被视为能够公开观看的人，包括我，都是自拍者随时随地的劫持之物。

合影，能拒绝，真正束手无策的是，如今手机里没完没了出现我早先视频的碎片，取义断章，重复推送，还添加讨厌的文艺腔旁白，说及我和木心的故事，全是编造，以便带货。

这不是公然的打劫么？年轻人诧怪：陈老师，你怎么不懂？

待我有了微信，天哪，瞧这拴着链子随处献丑的猴——那也是转发，而转发者分明知道，你奈何不得。若是旁观这家伙的口无遮拦，我会纳闷：这个人难道不明白世道的无聊与险恶吗？呜呼，过去二十年，我的不设防，我的近乎鲁莽的坦率，已经汇入网络的大数据。

但我从来弄不清什么是微博、公众号、社交媒体，经小朋友再三解释，还是茫然。电脑，手机，我只会用来写作与通讯，其他功能，概不会。至少十年了吧，除了躲着画画，我只做两件公开的事，一是《局部》，一是替木心周旋他的美术馆。虽则那是露脸的勾当，但自以为很收敛，很乖，直到自媒体将我打醒。

多数留言倒是善意的，和我同样幼稚。哈姆雷特的问题眼下也是我的问题：闭嘴，还是继续说？一切已不可收拾，我弄不清被哪只手捉弄——人的，还是科技的——在流量的漩涡中，我无法让好心的网友相信：除了戒备和疑惧，我绝不享受。倘若诸位还想看，莫非巴望这老东西早点给请去喝茶？

观看，被观看，传播，被传播，你处于哪一端？我当然明白，自媒体文化带出的巨大价值和无数问题，症结可能如木心所言："问题大到好像没有问题。"在算法与大数据时代到临之际，他逃走了，我还活着，在这样的时刻居然出书。有谁会读吗？人人都在刷手机，我也一样。

或曰：你扮了公众人物，别来装了吧！好，哥们儿，你不也想蹭点流量吗，有一天你会明白，出名便是罪过。

2023 年 5 月 16 日

目录

讲 演

关于《局部》

关于木心

关于木心美术馆

采 访

巨大的果实

《三联生活周刊》齐白石专题访谈

最近重看了《白石老人自述》，感触比较深的是什么？

黄宾虹、徐悲鸿、傅抱石、潘天寿、吕凤子……都有著作，但没有留下详细清晰的人生自述，或许有，我没读到。

您对他哪段经历最感兴趣？

还是他如何出道。一个清末的乡下人成为日后的"齐白石"，靠什么？地主文化。这种文化在他四五十岁前原封未动，是两千多年不变的文化结构，他是这个结构的最后一代人。

有才艺的乡下木匠，遍地都是，罕见出道成家。爱诗画的地主、乡绅，清末民初的各省各乡也都有——那是宋元明清文人画的土壤——这些乡绅喜欢齐白石，集体教养了他。可是到他晚年成名，京沪圈子仍有人看他不起。

传统社会，文化在地主那里。陶渊明再穷，归隐后还是地主。齐白石聪明好学，先被邻近小地主赏识，层层引荐给大户，其中"寿三爷"是关键人物——日后齐白石亲手画了二十四幅寿三爷欣赏过的画，拿到他灵前烧了——其次，在这个传统结构中，诗书画还用作交际酬酢，一来二去，这位木匠结识了地方的、省城的、京城的重要文人，同时进入市场。

清末民初，千年结构还是在。从他的杏子邬一路到北平，这个结构还很饱满，很奏效。没有这个结构，他的出道不可想象。我喜欢他按顺序交代年份和岁数，比大事年表更有说服力，因为处处扣紧个人命运。

了解了他的经历，再结合作品，对于齐白石为什么成为今天的齐白石，能得出个人化的结论吗？

就因为他是"外人"。当然，这里牵涉对他艺术的定义：是不是文人画？

那是不是呢？

不说元明清文人画家的标准身份（官员、士大夫、僧人），文人画有个简单的硬标准：诗、书、画一体。就此标准，齐白石的画当然是文人画。后世、今世，无数人学他，诗书画一体的显例，有吗？

他学诗非常早，当他有勇气和地主们和诗，也不过二三十岁。台湾有位老散文家王鼎钧，抗战时无法上学，跟乡里一位被迫当汉奸的地主学诗，十五岁就能做律诗。那个年代，作诗不算艰深的事情。乌镇的木心和他姐姐、表哥十来岁就做古诗。眼下多少学院画院名家，六七十岁做不了几句像样的古诗。不是才疏学浅，是文脉断了，大文化变了。

另一面，齐白石自小酷爱书画，但是家贫，几代人从未有科考的念头。他一辈子苦学文人画模式，但到底因为是乡下人，日后为传统文人画带进大量没给画过的素材：蝌蚪、老鼠、鸡鸭、螃蟹、瓜果、蚕宝宝、粪耙、箩筐、油灯、稻米，等等等等。这是乡村孩童的世界，和传统文人画家赏花折枝的情趣大异。但以上意思太多人说过了，关键是，农夫和村童的情感不等于一幅齐白石的画。今天我们有足够的距离看回去：那还是文人画，不是素人画、农民画。

所以是在题材上有创新？

创新是现在的词语。齐白石这么弄，出于天真和本能。民间擅画画的人很不少，也可画这些，也有生趣，但不能成为齐白石。你去画个老鼠看看？上世纪五十年代后，高压电线，现代建筑，拖拉机，钢铁厂……都入了水墨画，好看吗？百年以来，我们还是爱看齐白石。

这就是画法、技巧上的问题了。

把不入画的素材转化为画，丰富此前的美学，可不是做做加法那么简单。文人画崇尚摹古、拟古、仿古，处处讲依据。齐白石绝对尊古法，少年时就临摹了全本《芥子园画谱》，循规蹈矩，天晓得，同时，他却带进了他的老鼠和油灯，这是他天性厚啊。

全世界画家都有两道题：画什么？怎么画？就看各种派别侧重哪道题。齐白石左右逢源，两端难不倒他，还成全他，两端他都别开生面。

《白石老人自述》有个印象很深的细节，他说一开始喜欢画雷公，后来知道雷公是假的，就不画了。再后来，邀画的人喜欢雷公，他迫于生计，不得不再画，但画的时候一定要找到生活中的参照。这是不是也算比较新的观念？

有自觉，也有不自觉。自觉意识太强的艺术家，在乎前辈干了什么。齐白石许多选择出于乡下人的淳朴和本能。他画过鬼神，但他眼睛机灵，心思活泼，把村里怪头怪脑的小孩脸画上去了，就像文艺复兴人拿着街坊邻居的脸画圣经人物那样。

他不知道这叫创新，只觉得好玩。天性有时比才华更珍贵。现在看，齐白石的伟大，是他乡下人的意识比文人画的意识活跃，那是活血。他梦想入局的是整个文人画谱系，但他又自觉又自然地为文人画传统带进这股子活血，没有一个文人画家的老境像他那样鲜润，那样迥出尘表。所谓骨力、墨法、设局，可以学学，天趣没法子学的。

我极度珍视画家的"不自觉"，前提是，他非常自觉。齐白石的技术系统、判断系统从不出错，即所谓"不逾矩"，但他天然有一套免疫系统，摆脱了文人画的陈腔滥调。他一辈子天真，中国画家里，我没见过这么健康的画家。他老是不过时。

的确，现在看齐白石的作品不会有年代上的隔阂感，但这种"不过时"的感觉是哪里来的呢？

绝大多数艺术家会过时，"过时"不是贬义词，意思是他们代表那个时代的最高成就。巴洛克那几位，鲁本斯、伦勃朗，太巴洛克了。委拉斯贵支不一样，十八世纪看，好，十九、二十世纪看，更好，他不会被他的时代锁定。

元代画家中，赵孟頫、王蒙，当然耐看，黄公望永远元气淋漓，倪瓒是另一路魅力，萧条、简洁，你会觉得前卫。但和这四家相比，我偏爱钱选，他最不过时，你看他画的折枝花。

再比如那几位和尚，以我偏见，髡残（包括齐白石愿意给他做看门狗的青藤），严重过时，八大孤绝，耐看，没办法，但最不过时的，我以为是弘仁。弘仁有一种自己未必知道的异端性，他和齐白石一样，真的观察自己下笔的物事。我不会用现实主义这个词，齐白石不是现实主义，那是西来的词语和概念。齐白石是真。

刚才提到了这些人，放在一起讨论，过时与不过时，核心差别在哪？

我只能说用滥的词——"生命感"。时间会慢慢洗掉许多作品的生命感，留下所谓文化：审美啊、技术的魅力啊，还有年代赋予的包浆。好是好，但和今天的人心、眼光，多少有点隔：许多大师被钉死在他的时代。远的不说，就说吴昌硕，他那些画意，太晚清了，不及齐白石千变万化，总叫人暗暗吃一惊。你会忘记他是个晚清人，他直接变成画中的老鼠，或者一组抖动的水波的细线。

　　"衰年变法"是所有研究者和对齐白石感兴趣的人都会提到的话题，在中外艺术史上，晚年大变画风，艺术成就有质的飞跃的案例多吗？

　　中国画论多有似是而非的漂亮话。"衰年变法"可以是自我勉励，其实是陈腔滥调。多少老画家狠狠地变，结果一塌糊涂，没法子看的。中国画重老境、晚境，这是道家的绕口令，大概有道理吧。我以为老了就是老了，然后枯萎了，完蛋了，除非你是齐白石。他足够高寿，时人便误以为九十岁总归能画成神仙。哪有那么便宜，他从小就画得好呢！

　　提香好像活到八十八岁，晚年的画看过去浑朴苍茫，但我现在老了，明白许多绘画的"晚境"其实是没力气了，大约画几下子就算了，提香早年的画实在厉害，所以晚年画画，气格还在。你看他三四十岁的画，远比晚年神妙。近一点的例子是十八世纪的戈雅，七十多岁大病，活下来，突然画出大幅挥洒的几乎单色调的鬼怪系列，惊世骇俗。但那只是孤例，晚年作品忽然好起来，高上去，很少很少的例子。

但其实美术史大多数好作品都是画家早期创作的。

90%的伟大绘画出自年轻人。西方有个别后劲十足的，也没老到齐白石寿数。他的长寿和毕加索有一拼，但毕加索老来画画，张牙舞爪，哪有齐白石的气定神闲。这是中国文化的功。水墨画是个养生系统，不是重体力活，追求内敛，松弛，不强求。西洋画拼的是力量、能量。梵高赌命画画，等于烧了自己，所以走不长，当然，那是另一种伟大。

所谓"衰年变法"，变的是什么？开创性在哪里？

西画的脉络，尤其是十九世纪后半，都在反传统，反体系。反到什么程度呢？两个例子，塞尚、梵高，非常痛苦，他们自己都不确信走得多远，不确定自己是不是做错了，走丢了。

中国人不玩这个。古典中国绘画的美学系统（直到清末为止）太过自给自足，没人愿意走丢，青藤、石涛的画语录貌似叛逆，其实是修辞游戏，等于跟自家人发嗲。齐白石的心裁别出，不是反叛，他从未离开那个体系，别以为他画了老鼠鸡鸭就是谋反。

直到清末，中国的一切是个超稳定系统，没人想要破局。在融入系统时每人带进一些天赋、一些小花招，算是见面礼，齐白石夹带私货最多，最精彩，因为是"外人"。但他牢牢追那个大系统，不然不可能被主流接受。

之前在北京画院看到一些齐白石的昆虫画，空白画纸上一只虫，据说是他怕晚年视力不足，预先画好，以备后用。当时我们还在讨论，齐白石画的虫，无论从整体造型还是细节上，都非常真，那他笔下这些精细的昆虫和西方博物学里的昆虫图例差别在哪呢？

中国有个奇怪的传统，贬低肖像画，视作匠人的工作，不入美术史，花鸟鱼虫却入史，比如五代时的黄筌和徐熙。宋人画的动物、草虫，比西方自然主义还甚，造型、毛色、质地，丝丝入扣。图像上看，类乎博物馆标本画，原作虎虎有生气。

中国人画画，第一考虑永远是滋味、灵气、神韵。齐白石的草虫画得好，一是手巧，巧夺天工，一是他瞧着土地草虫，是乡人的亲昵，二者相得，神乎其神，神乎其技。

"变法"之后，除了虫、虾一些动植物，他整体的画法好像更写意了。

写实、写意，这些词都嫌空泛，画画是很具体的。齐白石从小学工笔，底子厚，五十岁后才画大写意，他绝不是业余画家。

这里扯到一个概念，我们长期贬低匠人画。其实多数文人画家心里有数，根本画不过齐白石，我见过陈师曾的画，哪里是齐白石对手，因为齐白石有匠人的硬底子。严格说，十八世纪以前，西洋所有伟大的画家都是匠人，达·芬奇也是。

刚刚聊到了齐白石任何时候看都不过时，"不过时"和现代性又是两回事，这些年很多人把齐白石和毕加索对照着看，您觉得有可比性吗？

"现代性"是西方概念，好在齐白石一点不现代。林风眠在当年非常现代，今天看，太过时了，比他老将近半个世纪的齐白石反而不过时。

但和望之无边的清末文人画比，今天看，齐白石比谁都摩登，不是西洋人所谓"现代性"，而是格外水灵、清新、健康，所以他不过时。

就是不能把齐白石放到西洋体系的"现代性"里来做分析？

现代主义有一份清单，倒推上去，抽象画前是立体派、野兽派、后印象派、印象派……它是个因果链。中国不这样，说齐白石是个开创者，我更同意他是个句号。此下是点点点……没人担得起句号，只有齐白石。

您的意思是，齐白石不是一个开创者？

当然不是。他也不是集大成者、叛逆者、终结者。后世学他，但他并没有刻意开派。谈论天才，不必用大字眼，承先启后之类，大抵是套话，别相信套话。

齐白石是个巨大的果实，是文人画史的意外惊喜。借用约翰·伯格形容西班牙人毕加索闯进巴黎的词语（他说，毕加索是个"直立的野蛮人"），湖南人齐白石闯进文人画，是个纯真的外乡人。明清以来，最重要的文人画群体几乎全是吴人，到清末，江南文人画与齐白石忽然遭遇，彼此都被改变了。

众所周知，陈师曾发现并提携了齐白石，他受到当时很多文化艺术精英的赏识，林风眠、徐悲鸿都邀请他去做教授，大家选中了齐白石，是不是也出于某种打破传统的时代精神？

当年林风眠、徐悲鸿带着西洋人的画眼回来，京城里有的是老国画家，谁不能找？他俩偏找齐白石，因为他没有别家文人画的酸腐。齐白石幸运，前半生受惠于千年地主文化的最末一点余脉，后半生得助于中国文化转型的头牌精英。

齐白石晚年与陈师曾、林风眠、徐悲鸿这些有海外经验的人交往，再加上当时北平的文化氛围是很开放的，从他的作品和经历里，能看到西方思想、艺术的影响吗？

没有。完全没有。他是百分之百的中国画家。幸亏他没采用任何西画法。他的工笔、绣像有人说参酌西画，胡说。别以为西式素描才能写真，明代大量肖像画极度精准，几乎像照片。徐悲鸿出洋前就能画。你去看齐白石早年为祖母画的像，精准传神。这是被长期贬低的民间工匠画传统。

民初的北平住满外国人。电报，电话，电影院，歌舞厅，早就有了。张大千画旗袍女人，陈师曾率先画车夫乞丐教书匠之类，主动进入现代素材。但齐白石不画任何新物事。他一直是个"古人"，从不和新时代周旋。你能想象齐白石画庚子事变或北洋军阀吗？他逃都来不及。

所以说，虽然齐白石经历了中国历史上最复杂、变革最多、最快的时代，这个时代成就了他，但他的作品并没有和时代有任何互动？

我们被"五四"灌了概念，也被苏联文艺理论灌了概念，确信艺术必须反映时代。你拿这个概念去和一个宋代人、清朝人聊，他们根本听不懂这句话。

中国古典绘画迷恋可爱的吉祥的主题，寄托所谓胸怀。我们最好不要用如今的思维和概念讨论齐白石画什么、不画什么，他在杏林和蝌蚪之间嬉戏，再自然不过，没有任何纠结。如今我们爱他，但他无法跟我们对话。他被聘任为美协名誉主席后，写信给周恩来申告，说美协领导不让他娶小。当时他的副室也死了，孤老头子一个。

他活到现代的来临，但幸亏他不是现代人。毕加索绝对是，他甚至塑造了一部分现代文化。齐白石正相反，你在他画里休想找到他亲历的清末和民国。对他来说，一团正在晕开的墨被他的笔缓缓推送，比时代要紧。

这样画画的人不只他一个，过去现在都有。上世纪八十年代以来，很多画家不问世事，就画自己的玩意儿，不过再没人画得那么率真，超迈，神奇，而且健康。

齐白石的生活和生活方式，与他作品的关系，您怎么看？

再本分不过的农民，凭本事吃饭，卖画糊口，如他祖母说的，字画要能在"锅里煮"。这个诉求，他一生没变。至于尊师重道，不贪财，不务名，不阿世，不走官路，是他本性笃实，往高了说，就是谨守旧道德，那个年代，许许多多明白人就这样过了一生。

我们的一些评价还是太想往宏大、厚重的方向靠了。

巨匠、大师，都是陈腐的酸词，说齐白石是个巨匠，寒碜他了。他近乎完人，而且手艺全能。你去看他的印章，读他的诗文，妙不可言，非常会说话，非常有见解，而且，非常懂分寸。我们哪里说得过他，还想评价他？

与其定义齐白石，还是拨几个美术馆好厅堂，展出他从早年到后期的画吧，让百姓随时能去看看他，就像西洋人随时能去看毕加索一样。他的作品太多太多，好玩极了，我到现在无法看到完整的齐白石收藏。北京画院露过一部分，功德无量。

2018 年 9 月

当个人性遭遇水墨

与阿克曼＊对话

　　在一次与武艺、刘庆和、李津和田黎明的对话中，你表达出，水墨画指的材料问题，从根本上说，跟画人物的油画家没有很大的区别。我倒以为，水墨画（这个概念本身就有问题）是一个在西方艺术系统里不存在的立场和实践。水墨画的主要来源是宋元以来的文人画，有其自己的审美系统，也有对画家个人修养的要求。但是水墨画可以超越文人系统的审美和品位体系的，所以，

＊　阿克曼，德国老牌左翼青年，二十世纪七十年代即来访中国，见过周恩来总理。改革开放之后任北京歌德学院院长，促成多项中德文化交流。新世纪某年退休，移居南京，与画家靳卫红共同生活。2015年他在北京举办靳卫红、李津二位的画展，请我参观，之后，以通信方式和我对话如上。2015年木心美术馆开馆展试图商借尼采手稿，阿克曼介绍驻德中国使馆文化参赞陈平协助此事，我非常感谢他。

虽然文人系统没了，并不表明水墨画也一并消失，你对这个怎么看？

当然，水墨画没消失。西方老是说绘画死了，可是画画的人还是很多。同样，中国画死了，水墨画精神没落了，在中国也说了好几十年，可是水墨画家越来越多，光是退休干部的国画班、书法班，全中国可能有数万个。

水墨画确实"可以超越文人系统的审美和品位体系"，因为唐伯虎与董其昌的那个中国，早就没有了。但在今天，工具和画种意识几乎是每个画家的第一考虑：学院新生的最初决定，就是报考油画系还是国画系，之后，他们再决定"画什么""怎么画"。

这就是为什么我会说，今天的水墨画家和油画家，没有差别。当他们选定画种后——虽然可以改换——大致会有两种选择跟上来，一种，是假想自己仍然活在古画里的那个中国（就像不少自称"古典"作风的中国油画家假想自己活在十七世纪的欧洲），刻意模拟古典图式；另一种，试图以传统手法尽可能适应今天的素材，言说今天的主题。

这种企图并非仅只水墨画家有：各类传统画种全都失去了传统语境，只剩下工具。

我想用两个概念说明水墨画的特殊性和活力。第一，水墨画的核心是"写意"。中国传统文人的"意"是退逸性的，所以，大自然是他们的遁所。同时，这个自然也是寄居他们理想的寓意，也是道德象征。显然，这个部分在今天不存在了，人们看竹子，不会再用文人的眼光和寓意。那么，现在的水墨艺术家以什么作为创作基础？你怎么看这个问题？

　　我不会强调水墨画的"特殊性"。我也不强调油画的特殊性。各个画种都特殊，不同工具本身就是"殊异"之物。

　　但三十年来水墨画的"活力"，确乎令人惊讶。这种活力不全是传统文人画给予的，我想说，活力其实来自西画的影响。这种影响不是指中国人去画西洋画，而是，当西画进入中国，只有单一画种的旧中国，从此消失了。

　　明清画家几乎从未见过水墨画之外的艺术，可是，今天每个水墨画家的周围（他的同学、老师、同事，甚至配偶）都站着油画家、雕塑家、版画家、当代艺术家。现代水墨画家对外来艺术早就习以为常，太多水墨画家非常倾心西方生活方式，开车、穿西装，热衷出国……聪明的水墨画家一定会对各种其他画类做出反应。

　　西洋画，包括中国本土的西画，无限扩大了水墨画的素材和主题。今天的中国画家具有古代画家从未有过的观念：除了山水、花鸟、神怪，几乎什么都可以画。

再进一步，即便在水墨画范围，任何招法（包括西洋的抽象画之类）都可以试试。"八五新潮"的健将谷文达就是国画系学生，他的成名作全是巨大的宣纸、墨韵和书法符号。总之，一个静态的，狭隘的，长期被规范的传统题材，被西画整个儿打开了，扩大了。

所以今日水墨画家的"创作基础"，未必是在水墨画领域，而是他能见到的所有绘画。各种影响会以复杂微妙的方式进入水墨画。套用西式素描造型的水墨人物画，早已是一大类，我不喜欢，因为水墨画的魅力被篡改了。许多被笼统称为新文人画的画家则大量引入新的素材，以及对新素材的个人感觉，但仍然借取明清传统语言。我认同这类画。

第二，古人的修养与现在的不同，过去的文人从经史中寻求自身的存在坐标及意义，而今天呢？什么是修养的来源和目的呢？李津和靳卫红这两个艺术家所寻求的笔意及气息是与传统观念有密切连接的，但是，这绝对不是文人系统的修养，而是今天，作为男性和女性极具主观色彩的个人探索。他们把画画，尤其是技术上的磨砺和气息上的滋养融进个体，只能是个体的，作为通向他们精神诉求的途径。从感官的快乐和灵魂的寂寞出发，这种修养的方式，我以为，只有水墨画可以做。

你正好说出了我想说的意思：时下中国水墨画家的修养，"绝对不是文人系统的修养"。一定是这样的。

明清文人的修养——我们暂时叫做修养吧——如同每种传统修养，严格地排他。仇英和唐伯虎绝不会梦见一个穿牛仔裤或旗袍的人可以入画，在他们的时代，他们不会在山水之间去画他们自己经验之外的其他人物。

你又说，这种新的水墨画"只能是个体的，作为通向他们精神诉求的途径。从感官的快乐和灵魂的寂寞出发"。对！我完全同意。

但"极具主观色彩的个人探索""个体的精神诉求"、"感官的快乐和灵魂的寂寞""男性""女性"等，正是西洋文化的概念，你这些语言是被翻译后的汉语，是新的中国语言，古典中国画没有这类词语和观念。

因此，我看不出，也不能同意你的结论，即这种"修养的方式"只有"水墨画可以做"——孤独、私密、病态、幻觉、颓废、色情、自嘲、幽默、厌倦、半疯狂……凡涉及个人的、私密的、内心的、感官的、潜意识的主题，都是西洋艺术家率先弄起来的。

例子太多了，奥地利的埃贡·席勒和科柯施卡，英国的麦绶莱勒，北欧的蒙克，意大利的席里柯，法国的一大堆巴黎画派作者……早在民国时代，这些西欧、北欧艺术就打开了中国画家的视野。改革开放后，新一代中国画家——不管是当代艺术家还是水墨画家——立即对西方任何表现个人性的绘画，发生兴趣，并迅速做出反应。

但是宋元明清水墨画系统从未提供以上"个人性"美学。

假如水墨画缺少这两个东西，就像你说的变成了材料和技术的问题，水墨画就没有多大意义了。我在李津和靳卫红的作品里看到他们通过一种自我修养，无论是从用笔，或是气息，或是从图像上来说，是一种新的水墨画。今天，无论是西方各种绘画系统或是中国传统绘画系统来说，他们都要无从依赖。因此，个体的表达，男性的，女性的，与他们自身相关的各种问题也都和盘托出。

你说"缺少这两个东西……水墨画就没有多大意义了"，很好，我想用相反的方式，同意，并证实你的观点。

你知道吗？"这两个东西"——如果你指的是"个人性"和"自我修养"——正好来自西方。为什么呢？因为古典文人画没有这一背景。文人画来自士大夫的集体修养，是被文人群体长期分享沿用的集体资源。我们会分别欣赏倪云林、董其昌，或者"四王"，但他们的道家思想、佛学修养、儒家身份，是他们一脉相承的"文化共同体"。

所以，很显然，如果没有西方的影响，"水墨画真的没有意义"。一个现代意义上的"个体"和"自我修养"，全是西方影响带来的。虽然远远不够，可是一旦有了"这两样东西"，原本不再适合新时代、新文化的传统水墨画，变得有事可做，变得有意思起来。

你看，在靳卫红和李津那里，你确实可以指认种种古典水墨手法及其魅力，但没有一位明清文人画家会同意他俩画的女人、鱼肉、衣装、姿态，文徵明或董其昌会对他俩画中的情绪——慵懒、颓废、世俗、欢喜——大为惊讶，不知所措。逾百年来，西洋画鼓励中国人表达这种人性，我看不出从王维到王原祁的文人画系统给予李津和靳卫红这种准许与纵容。

今天，许多水墨画家沉浸在古典中国的生活方式、美学趣味和历史想象中，但他们不会意识到，他们的人格已经西化了。他们坦然享受今天的世俗乐趣，而对世俗化的美学肯定，同样来自西方：古代中国人也肯定世俗，但文人画家不是世俗群体，他们是官员，是僧侣，他们不会料到他们留下的美学遗产，会出现今天这样的水墨画。

我甚至相信，如果西方画家看见今天的中国水墨画，也会发现新大陆：水墨工具确实比油画更能传达轻盈的，空疏的，内心的，灵动的，似是而非的，诗意的，暗示的……个人经验。

你酷爱水墨画，可能因为在德国，在欧洲，你看到太多表达个人经验的油画，但那些油画从未像水墨这样，显示一种欧洲人陌生的新意——要点：你迷恋的是"水墨"，而非"个人性"。在西方，你太熟悉"个人性"了，那是你视为当然的主题。

与你相反，我是中国人，我对水墨的魅力，视为当然，因此，我所迷恋的是在水墨画中渐渐活泼多样的"个人性"。

我想，我们可以从两端确认这件事：在你那一端，西方核心价值的"个人性"居然融入了中国水墨画，你兴奋起来：看哪！水墨多有意思！在我这一端，中国水墨画居然有了西方传来的"个人性"，我也兴奋起来：瞧啊！"个人性"胜利了！

是不是这样呢，老阿？

不要以为我在诡辩，我真的相信，在现代艺术中，别说水墨画，任何画种，画类，只要没有"那两样东西"，都"没有多大意义"，可是，如果哪个家伙具备这两样"东西"，再老的工具也藏着无数可能性。

最后，我想描述你我不可能看到的景观，但这种景观有助于我们的讨论。

很简单：一两百年来，欧洲之外的国家都像中国人这样，引进了西画（还有任何你能想到的西方事物，包括国体与政体），可是没有一个欧洲国家引进水墨画。

你会说，不少德国人、法国人、美国人迷恋并学习水墨画，但过去、现在——我不敢说未来——欧美国家不可能在艺术学院设立水墨画专业，教授水墨画，并培植上千上万的水墨画家，形成与西画家几乎对半的职业人数。

可是，据保守估计，几代中国油画家的人数，超过数十万人。

你能想象这样的情境吗：成千上万德国人在家里备足了宣纸和文房四宝，摇头晃脑，念着唐诗，天天画水墨画吗？现在，假定这种伟大的景观实现了，然后我去德国定居——就像你来到中国——我想我不会认真注意德国人画的水墨画，真的，不会注意。

但我会像你一样，带着惊讶和迷恋，看待德国的油画，断定这是我们中国"艺术系统"里"不存在"的"立场和实践"。我会像你一样，找个画了一辈子水墨画的德国家伙辩论，带着痛苦而不解，狠狠问他：天哪！为什么你们德国人要学中国人的水墨画？

我知道，这是梦话，但它确实就是中国美术逾百年的现实。我想，你能明白我的意思——虽然我也不很确定我是什么意思。

2015 年

长篇小说与连续剧 [*]

《新周刊》专题访谈

您曾经指认说"美剧是二十一世纪的长篇小说"。为什么会有这样一个观点?

你看,我们这代人从小读长篇:雨果、巴尔扎克、托尔斯泰、陀思妥耶夫斯基……那年代没娱乐,抱个长篇啃着,可以活一阵。

小时候不懂,《战争与和平》一会儿在彼得堡,一会儿在拿破仑前线,很刺激。长大复读,明白长篇小说好比

---

* 九年前这篇访谈说咱们拍不出当年王朔、郑小龙水准,我轻率了,粗暴了。近年看辛爽的团队拍了《隐秘的角落》,太好了,美剧、韩剧那套摸熟了,最近看同一团队拍的《漫长的季节》,完全掉进去,终于有了世界一流连续剧。我们自己的故事,自己的快感与痛感,总算被精准细腻地说出来了。

长途跋涉，几组人物、几条线索，交叉叙述到最后，聚散生死，你借小说活了一回。现在我还觉得托尔斯泰那些人物好比我家三外公或表姊妹，熟极了。

1982年我刚到美国，头一回发现世界上有连续剧。亲戚告诉我，从孩子上小学到进大学，还没播完。那时中国有连续剧了吗？听说上世纪八十年代的《四世同堂》，日本的《阿信》，风靡一时，一到夜里街巷就空了，家家户户看——到九十年代，我也掉进去了！

小说、电视，媒介完全不同，当时哪想到对应长篇小说。

1990年母亲移民纽约，看不懂美国电视，我就从唐人街租国内的录像带陪妈妈看，一看，完蛋了，停不下来。先是《渴望》，接着是《编辑部的故事》《爱你没商量》《过把瘾》，宋丹丹演的《好男好女》……后来回国见到王朔、郑小龙、赵宝刚、冯小刚一伙，我上前猛握手，谢谢他们，他们好像不太相信似的。

十年间看了大约两千集，一直看到回国定居。

但在纽约不看美剧：我的英文没好到听懂那么快的俚语，也没兴趣：那是美国人的家务事。真的，多数是家庭剧：一对傻夫妻，两个胡闹的小孩，层出不穷的逗趣，永远在客厅沙发周围，朋友进来、冤家进来、警察罪犯进来，一阵阵哄堂大笑据说是配音的。后来英达执导的情境喜剧《我爱我家》，非常非常好，因为是"我家"的事儿，全能懂。此后国内家庭剧再没超越《我爱我家》。

我们现在看的美剧大制作，八九十年代还没出现。也有，只记得两个:《彼得大帝》，美、意、中、日合拍的《马可·波罗》，已经有现在美剧的规模和美学，当电影拍。

美剧的渊源大约追溯到二战前后黑白连续剧。当时叫肥皂剧，《露露姑姑》很有名:就一家庭主妇，伴随两三代美国人长大，真是"为人民服务"啊。八十年代那个演员死了，我在电视节目看过片段回顾，围个围裙，烫个头发，等于众人的姑妈，造型是四五十年代美国画报那种。抗战后美军进入上海，市民都看美国画报，"文革"时，家家户户避嫌，扔到垃圾箱，给我看见了，记住了。

我知道你前两年是每天晚上都要看美剧的，比如《广告狂人》《都铎王朝》，你一直在追。有个很奇怪的现象:你在美国看大陆连续剧，回国了又追美剧。

在纽约白天画画，夜里吃完饭洗好碗撒好尿，就坐沙发上傻看。回国后追美剧有个重要原因:据说从《欲望都市》开始，美剧的播放模式变了，上班族的中产阶级可以打开电脑随时看，不必等电视一周播一集。

所以我就说，丹青在美国干吗？在纽约跟在国内一样嘛。

不是。美国生活很安静、很规律，看连续剧像在上班。算了一下，大约四五十部，长则四十多集、短则二十集，最长的《京都纪事》一百集！

几重原因：一是想念中国。看照片不过瘾，看文章没细节，连续剧忽然让我看到中国变了：《过把瘾》之类已经有新的生活方式、新的恩怨情仇了。我对中国的回忆具体了，我走的时候，中国不是这样的。

还有历史剧：《水浒》《三国》《东周列国》《三言二拍》——今天没人记得连续剧《三言二拍》，著名段子都选了"杜十娘怒沉百宝箱""蒋兴哥重会珍珠衫"，色情部分拍得很差。

《水浒》《三国》，我拎一口袋录像盘拿去给木心看，木心全看了。我问怎样，他说蛮好。我说怎么好，他笑吟吟说："呶，几只面孔，有的么甜的、有的么咸的。"上海话讲起"面孔"，都说"只"。我发现他的说法和我妈妈一样：民国上海人看电影，"就看那几只面孔"。孙道临啊、金焰啊、上官云珠啊。今天评论电影和电视剧，不用这个词。

我们称之为"看熟张"。

明星效应嘛。民国电影一开始就对：第一，市场；第二，娱乐；第三，明星路线。老百姓看电影，就奔"几只面孔"，有亲和力，有性幻想，就行啦。

我在思考，斯皮尔伯格为什么会从电影退到电视剧？

回到刚才你的问题：我什么时候开始看美剧？2001年开始看。

你太奇怪了。在纽约看中国剧，回国后又看美剧。

不是我要这么做，它自行发生了。"9·11"那年，瞧着两座楼塌下来，我发现心里在乎这座城。每年回纽约看妈妈，2001年吧，发现地铁和公交车大幅广告全是 *Sex and the City*（《欲望都市》），写明几月几号哪个频道几时开播。

回北京后，没想到碟片进口了，字幕全配好了。看看吧，一看，完了，就跟当年看《渴望》，下不来了。第一季看完等第二季。这时，我不是重新爱上纽约，而是重新了解纽约，就像看王朔的连续剧，重新了解中国——我在北京才弄懂：原来美国是这样的。

真的，你以为你是某国人，你待在某地，你就了解吗？未必。看书，看连续剧，当然，加上所谓"生活"，你才可能了解。

《老友记》呢？

没看过。我看的美剧很少。第二个是《绝望主妇》。那是七八十年代肥皂剧的变种，叙述美学则和电影拉近，成了加长版的电影——我熟悉，能分享。费城、波士顿、康州，好多这类小镇，一流社区，日久乏味，左邻右舍就这点事，家家女人变着法儿对付无聊。性、阴谋、嫉妒、爱、友谊、代沟……所有故事固然被夸张了，可是内在的真实，太对了，我想起富有小镇的白人，现在明白他们了。

2009年看《广告狂人》，忽然想到：连续剧岂不是长篇小说！

此前没这一念。我没想到美剧这么"现实主义"，主题这么严肃、深沉、细腻。人的种种难言之隐，办公室的无数日常——就一家公司啊——写到这么深，这么复杂，这么可信！不断不断意料之外、情理之中。六十年代的怀旧感弄得多自然：忽然肯尼迪遇刺，忽然梦露自杀，但不渲染，嵌在日常节奏里，主角的一切照旧行进。六十年代我上小学，隔三差五上街游行，大叫"打倒美帝国主义！"哪知道同时期美国人这么活着：合同，电话，离婚，通奸……

《广告狂人》的心理深度处处让我想起陀思妥耶夫斯基和托尔斯泰。你去读托尔斯泰的《伊万·伊利奇之死》，一上来就是公司同仁，就是人的冷漠与脆弱。《广告狂人》的规模感、复杂感，那种从容的叙述、那种人际关系的穿插变化，多舒服，各种微妙的衔接，全是戏，主线、副线、伏笔、层次、对话、隐喻，还有深刻的绝望与同情——这不是长篇小说嘛！

好的影视会有文学的质地和语气，好的小说，有视觉，有画面。文学传统富厚的国家，电影会好。

我不知道《广告狂人》怎么编的，有文学原著呢还是专为电视剧现写？我不了解美剧怎样诞生，就像傻子一样看，同时重新想文学问题。木心渴望写长篇，但他不是写长篇的人，鲁迅也不是，精通汉语的人不会往长了写，但王安忆会，王朔、莫言会。欧洲语言（还有我们的所谓"白话文"）适合长篇，俄国人个个擅写长篇——美国人的长篇也很厉害！

这牵涉到小说传统的问题。

小说传统一开始并不是"文学"，而是市场传统，它跟本雅明说的"讲故事传统"没那么割裂。我很重视这句话："小说诞生的那天，孤独的人诞生了。"所有人躲在角落独自看小说。什么意思呢？就是，资本主义和个人主义时代，互为因果，同时开始了。

十九世纪前，所谓"现实主义"概念，绘画没有，文学也没有。法国是到库尔贝自称现实主义，巴尔扎克的所谓"现实主义"，我疑心是俄国人追加的，俄罗斯文学上来就标榜现实主义，照中国的解释——这种解释也来自旧俄和苏联——反映生活，人物真实，故事可信，加起来，表现"时代""历史"云云。

十八世纪法国人、英国人弄出现代小说，十九世纪是长篇小说黄金时代。横杠子插进来俄罗斯小说：从果戈里到托尔斯泰，欧洲人傻眼了。我有一本书是欧洲文学家谈托尔斯泰，能想到的二十世纪上半叶重要作家，普鲁斯特、托马斯·曼，都佩服他。那种佩服，恐怕是针对规模和分量，俄国人厚重，西欧人巧，自叹不如。

就是所谓史诗。

不完全是史诗。史诗是指《战争与和平》。《安娜·卡列尼娜》《复活》，不是史诗，但结构太严密了。你要知道，当时这些小说非常"现代"，不光指内容，包括对小说的全新处理。中篇《哈吉·穆拉特》《克莱采奏鸣曲》，都很厉害。陀斯妥耶夫斯基是另外一种心理描写。他对二十世纪的影响比托尔斯泰更甚。综合起来，我们叫做"现实主义传统"。

加上司汤达、巴尔扎克、福楼拜、左拉……美国的福克纳也该算吧——我们对美国其实不了解，乱讲人家浅薄，其实我们才浅薄啦。

美国的小说传统、短篇传统，非常过硬——美剧背后垫着强大的小说传统。为什么？美国没有帝王贵族，没有历史，除了城里人，中部、西部、南部，建国前后、南北战争，经济萧条，民权运动……这个国家的文艺全是"人民"的故事，譬如《推销员之死》。美国有很结实的描写底层和小人物的传统，他们的"被侮辱与被损害"——不是俄罗斯那种——是标准资本主义社会的、美国式的。

上百年来，美国有很棒的写手，包括黑人，写得好极了：写犯罪、堕落、贪婪、疯狂，写女孩男孩的苦恼和罪孽，不比欧洲差，不比俄罗斯差。以我有限接触的美国剧本人、小说人，他们对俄罗斯小说太熟悉了，就像日本人熟读《三国演义》一样。

当然，他们也熟悉英法传统。狄更斯的传统当时跟马克·吐温平行，马克·吐温给出了伟大的美国叙述。

你到纽约东村跟文艺人谈，整个欧洲和俄罗斯传统跟他们不隔的，像谈家常一样。中学大学都会系统教授古希腊、文艺复兴到十九世纪的文学。我女儿的选修课居然是但丁《神曲》,老教授一讲维吉尔在天堂门口止步，就熬不住大哭。美国人对二战前后跑来避难的欧洲文人，熟得像一家人。十月革命后、二战后，欧洲部分文脉流到美国来。

你看像纳博科夫！

纳博科夫太有名，我说的是另一路，譬如艾萨克·辛格，他二战前流亡过来，住在纽约边上的 Cony Island。

他坚持只对故事感兴趣，他说，小说没故事，别来扯文学。这是对二十世纪实验文学的"异见"，对美国叙事传统很重要，直通今天的美剧。你要知道，太多美国作家背景是异国的，俄罗斯、德国、英国、波兰、罗马尼亚……没有纯种美国文学，是这些人共同编织了文学的美国。

我们谈好莱坞，谈美剧，不会想到背后有强大的文学传统。二战以来，法国小说渐渐没落了，俄罗斯小说也渐渐没落，不再有十九世纪的骄傲。英国小说似乎还厉害——我最喜欢的英国片叫做《告别有晴天》(*The Remains of the Day*)，剧本是日裔英国人写的，导演詹姆斯·伊沃里，是个加州美国人，专门拍英国贵族题材。英国的厉害，是莎士比亚传统垫底，狄更斯、哈代等殿后，二十世纪的英国戏剧和文学，脉络不断。

法国文学相对弱了，小角色有，大虫没了。意大利战后现代小说好得不得了，跟新现实主义电影彼此繁荣，眼下也有点没落了——但美国几乎没有没落，因为文化产业厉害。我不了解当代美国小说，读过七十年代前的短篇，还有一组根据短篇改编的电影，太厉害了，托尔斯泰读了会傻掉，会惊异他的影响在美国是这样的！

我相信，美国小说传统诞生了今天的剧作家，他们开始写美剧。

我没证据，可能在乱讲。但一定有很棒的文学家闷头写美剧。他们也玩儿集体创作。我看过《绝望主妇》片花，一帮年轻男女，七零后——现在八零后也有了——喝着酒、抽着烟，东倒西歪凑一块儿聊那个娘们儿后来耍什么花招，那个野男人该不该出现……主创者是个同性恋，单亲家庭，爱妈妈，就在那样的小镇长大。他会采取某个意见，边聊边写，一集一集往下走。

　　没有丰厚的小说传统、现实主义传统，目前的美剧不会存在。当然，美剧来自太成熟的电影市场和技术优势，但目前不是美国电影的黄金时代。过去二三十年不断推出好电影，但他们都承认，最牛的是七十年代：《教父》《现代启示录》《猎鹿人》《出租车司机》，他们聊起来就痛心疾首。

　　所以我相信电影人立刻敏感：这是连续剧的时代，赶紧起身介入——去年看了《纸牌屋》、看了《大西洋帝国》（太牛了，马丁·斯科塞斯技痒，担任导演）。他自己现在拍得一塌糊涂，可是七八十年代黑帮片的精华都灌进去了，血腥、生猛，还拍得那么忧郁，老气横秋，酒精般的唯美和怀旧，非常时尚：一战后最好看的一段时尚。

　　再接着看《国土安全》。太猛了，显然电影的精锐、智慧、活力，都转移到美剧了。过去那种肥皂剧和文艺电影的分际——电视归电视、电影归电影——完全取消，好的美剧根本就是经典电影。

《纸牌屋》在国内反响这么好，又涉及一个问题：就是美剧为何这么热？

我这代匮乏记忆太深，没吃的，也没电影，一部朝鲜片看了又看。现在你在大街上任何地方都能买到欧美、中国香港、日本、韩国碟片，那么便宜，我们那个年代瞧见，会疯掉啊。可是年轻人为什么爱看呢？我问过一些八零后，他们说从不看国内电视。

回到刚才那个话题，像斯皮尔伯格一样，现在越来越多影人会选择去改电视剧。

很简单，就是有市场。有市场就有投资，有投资，拍得好、口碑好，就有收益，继续做下去，这是第一考虑。第二考虑，影视文明在改变，网络视频大军压境。全世界最成熟的电影体制是美国，最成熟的电视体制也是美国，电子王国，还是美国。

你刚才提到很重要的说法：英国的小说传统没落了。

不敢这么说，我几乎没读过二战后的英国小说。但英国电影厉害，电影厉害的国家，小说一定厉害。近年看了两部罗马尼亚电影，好深刻！给我看见背后的文学观。

有一点能支持你，很多专业的美剧迷，他们更倾向去看英剧而不是美剧，为什么？因为很多美剧是直接抄英剧。

您很难在英剧美剧之间划分区别。背后是同一群人在玩，在竞争，他们在同一个文化纽带和语言场玩儿了上百年。二战后英国拱手，意思是说，好吧，咱不行了，你行！那之后，两国文化出现新的双向关系。你去读以赛亚·伯林的传记，他代表英国外交部常驻美国，目击了甚至介入了老帝国认怂、新帝国称霸的初始阶段。

很多人就喜欢看英国那个范儿、英伦那个范儿，觉得美剧很粗俗：刺激你，不停地刺激你。

瞎说。美剧一点不粗俗，人家认认真真表达粗俗。粗俗的是我们自己，点根雪茄，看看英剧，以为就是英国绅士了。

我也喜欢听英式英语。可是最近二十年的英国电影、影视，主题越来越"无产阶级"，你要是在英剧里只看见帝王贵族，你仅只了解现代英的一半——当然，《唐顿庄园》《楼上，楼下》（二战版的《唐顿庄园》）还是厉害，贵族戏后劲十足。《国王的演说》《告别有晴天》《带风景的房间》，都是英国经典。八十年代我看过侦探英剧，也很好，非常英国。

但英国导演正在深刻表现下层人物。我看过一部非常动人：一个黑人白领找她的白人生母，她的生母早先被黑人强奸，生了她，扔了，此后组织家庭，生了白人女儿。结果黑女儿去认白娘，娘不肯接受自己有个黑女儿，还比她有身份——那场谈话拍得真好啊，那穷母亲尴尬极了——最后领回家，和白人女儿成了姐妹了。

前些年这家伙又拍了一部，讲伦敦出租司机家庭，英国味儿的俄式人道主义。要是你追究英国人怎样刻画"民主"时代，你会发现，他们从美国人那儿学到很多。英美是文化共同体，把英美刻意分开是不了解英美。

传统要是活着，会起作用的。中国的伟大小说从十六七世纪开始，《水浒传》到《红楼梦》，将近三百年，为什么现在不奏效了？

最近大家重视金宇澄的《繁花》，这种话本资源本该遍地开花，是通俗小说的主干，北方南方都该有，为什么没了？西方新小说进来，文人慢慢放弃传统话本写作，学西方的长篇和短篇，可能出了些好作品，但还是夹生，影视跟着夹生——整个欧美影视系统，文学始终跟着，没断过。不要忘记，美国还有伟大的百老汇传统。百老汇传统、好莱坞传统，全部灌进美剧，就厉害了。

再一个，美国另有新传统，就是新闻纪实小说。卡波特，记者，同性恋，好莱坞为他拍了部电影，好得不得了（主演霍夫曼最近吸毒死了）。拍他四十年代采访两个死刑犯，直到送他们上绞架，据说就此开创非虚构小说。纪实小说带动拓展的文学领域、文学力量，太大了，刑事案、社会问题、高层内幕、政客丑闻，都进入文学。言论自由保证了什么呢？就是创作无禁区，题材百无禁忌，玩儿真的。

看美剧看多了，会感觉到乏味吗？仿佛它永远也不会完，一季跟一季。

不。不乏味。为什么呢？我们这里，小说被抬举为"文学"，但别忘记，小说诞生于娱乐。大仲马、小仲马首创连载小说，包括《基督山恩仇记》，都是大众娱乐读物，好的娱乐不可能让你厌倦，不然怎么赚钱？后来巴尔扎克等提升为所谓"现实主义传统"，好像专属文化人。No，它仍然属于市民，属于新兴资产阶级的都市人群。

因为后来小说的发展，你写什么不重要，怎么写变得特别的重要了，它就把这个传统丢掉了。

俄罗斯小说真是写给贵族和知识分子看的。当时俄国还是农民国家，到处是文盲。果戈里，屠格涅夫写作时，农奴制还没废除。所以中国新文学一上来就接受俄罗斯文学价值，"五四"前后出现新型知识分子，老百姓不读小说，而是读话本。

从民国到共和国，我们拿的是俄罗斯小说的社会功能；中国小说至今没走出所谓知识分子圈。你问问大学教授和自称知识分子的人，有几个看得起连续剧？

美国欧洲不这样。欧美现代文化上来就是大众的，市场的。我到纽约才知道，你跟饭店侍者聊布莱希特、卡夫卡，不是稀罕事，所以人家会诞生高端娱乐文化：一面，它来自咱们叫做严肃的、经典的文学传统、戏剧传统；另一面，它从来就是大众的、市场的。

如今中国表面进入市场，进入网络传播时代，大量年轻读者、中产阶级，正在分享娱乐传播，可是供应娱乐的艺术家还在给艺术和娱乐分高下，事事弄到拧巴。

中国的电视剧你也看，美剧你也看——你在这种情况下，怎么去比较它们之间的差异性？

顺着刚才的话题，中国新文学传统跟"五四"没关系了，但跟八十年代有关系。八十年代产生一大群"文学家"，类型不少，题材也广，好写手多。但据我所知，名角儿里，大概只有刘震云，还有王安忆的部分，被引入电视连续剧。近年刘震云直接变成连续剧和冯小刚的连接线。我很重视海岩，可是文学界不认他——装啥呀，你写个连续剧看看！

目前咱们叫"文学队伍"（完全是军事语言）的这么一份夹生拧巴的文学资源，进不了，也没想到进入现代传播系统。个别人在接轨，效果不坏。要是年轻剧本作家觉得你们是文学家，我是写连续剧的，自认矮一截，那就完了，没指望了。文学家跟不上传播时代，中国连续剧休想好。

比比韩国，人家起步比中国晚太多，土得要死的国家，七十年代才有像样的电影，九十年代政府扶持，打开禁区，取消限制，现在韩国电影和韩剧远远超过中国香港。香港电影黄金时代是七八十年代。中国内地崛起，香港回归祖国，电影人迅速认了，明星都跑到内地来拍戏。

中国香港跟美国一样的：市场化，娱乐化，明星制。

日本是另一说。它吸收任何资源，但总能非常日本。我对日本影视了解少，我们讲来讲去是黑泽明、大岛渚、北野武……但日本还有很多中小导演，拍得非常好。要出所谓严肃的、高雅的电影，得有一大批娱乐的，中下档的导演垫着，否则出不了大人物。

你刚才谈到了文学传统和影视传统之间的这种关系，中间有一个特别大的、现代性的转换。这个现代性转换就是：从传统的说故事的人变成小说家，再变成编剧。

我和安忆谈到，连续剧告别小说时代，重新讲故事——讲故事的方式变了，听故事的人多了。本雅明说：故事的衰亡是经验交流的丧失。对的，但他活在前电视时代。我想知道，连续剧出现，经验交流的可能是不是更大？

我觉得更大了。它让我重新认识中国，导致我决定回来——我推荐很多人看，都说看了就想回来；有位旅居加拿大的朋友看到天亮，来电话说：丹青啊，我们的爱恨情仇还是在中国。不久他就回来了。

现在呢，我在中国看美剧，看懂我住了十八年，但不很了解的纽约。所以连续剧供应的经验与交流，在扩大、扩散、扩充。

那你怎么看待编剧这个职业？

哎哟，太佩服了，牛啊！我曾妄想有一天写小说，可我想都不敢想写剧本。

你觉得编剧难在哪里，它跟小说的差距是？

它的构想和小说没太大区别（我大概又在乱说了），无非是编个故事、几个人物，一头一尾。剧本难在你文字再好，没用的，剧本不玩修辞、文笔：剧本其实是个工作计划，在限定的篇幅、时间，必须自足，每走一步，受限于排演方式，播出方式。小说限制来自文字本身，写完了，就成了。剧本写完了还没成啊，你一边写，一边得想象演出和播出，最后你不知道谁来演，谁来导，谁来看。

编剧了不起！我觉得编剧和导演至少同等重要。我看中国电影和连续剧，第一差在剧本。剧本差，全白搭，角色一开口我就不想看，别扭、生掰。我看到连续剧里国民党小兵在四十年代的云南，缩墙角里，没完没了长篇对话，全是如今七零后的语言，天啊，剧作者以为自己是乔伊斯呢。

中国话本小说给出永恒的律令："且听下回分解"。古人早就懂。影视的命根子，说穿了，就是"且听下集分解"。你说连续剧庸俗、瞎编——当然，所有艺术都在瞎编——你不想上当，不看就行了。只有好的和不好的小说，好的或不好的连续剧，"瞎编"一点没错，错的是不会编。

我知道你以前看剧会在电视上看，你会在电脑上看吗？

会啊。真人秀、娱乐节目，在进步。中国充满创造力，也充满创造力的抑制。这是绝望的。中国遍地故事，好作品出不来，太可惜了！外部原因、内部原因，都出不来；出来了也弄不好；弄好了，不能持久。

有些家长反对自己的孩子去看美剧，认为这个东西也会上瘾，是精神鸦片。

这些家长忘了他们的爹妈也不让他们看这看那。我不担心家长，而是担心孩子长大了，变成一模一样的家长——从来如此。《红楼梦》出来后，清代的无数家长也不让看的。

我发现你看美剧和我们看不一样，我们被故事吸引，你是在看它的时代、穿的衣服、它的道具、时装，哪个气氛是对的、台词是对的、表演是对的——你会看这种东西。

我也看故事啊，吓得一身一身冷汗，或者眼泪喷出来。但你知道，感官和脑子可以同时工作的，我会想事儿。不该说美剧、英剧"取代"了小说，两种媒介不可能彼此取代，但受众是同一茬人。长篇连续剧足以和长篇小说争夺市场，眼下小说敌不过它。

没人预知小说的前景：再过五百年，俄罗斯长篇经典还有多少读者？我们说它不朽——经典当然伟大，永远有穿透力——但我相信，之所以出现伟大的长篇，原因再简单不过：十九世纪，乃至上溯那么多世纪，人类没有影视。

人的欲望是听故事，最好的故事是活人现前，一如最好的声音是人声——所谓"丝不如竹，竹不如肉"——我在妄想：并非因为文学本身伟大，而是塞万提斯和司汤达的时代，没有影视。绘画也一样，伟大的绘画延续好几个世纪，因为没有摄影和电影。如果希腊城邦或十五世纪的佛罗伦萨有电影院，会有雕刻和壁画吗？

当然，这种反方向预设是荒谬的，准确说，是伟大的绘画与文学哺育了今日的影视。但人的欲望迅速扑向新媒介。许多老媒介被新媒介灭了，许多艺术类型过时了，消失了，可是人的欲望一点没变，那是无底洞：人永远想看见自己，还想知道别的窗户里男男女女在干吗。

所以说"美剧是二十一世纪的长篇小说"——其实本质上是欲望的问题，欲望才是一个长篇小说。

对。人的欲望永无尽头。一群狗呆看另一群狗在演连续剧，你能想象吗？人拿欲望没办法。你反对它，你傻。轮不到你反对它呀，但你可以控制。你控制看电视的时间，就像控制房事一样，你乐意快也行，慢慢来也行；你酒量大，从早喝到晚，喝死为止，那是你的事；喝得非常舒服，也是你的事——你不能怪酒瓶子啊。

2014 年 5 月 24 日

其实有点嫉妒

《方所·上海人》专刊访谈

　　在当代艺术家中，您好像格外喜欢杜尚和弗洛伊德。两人都身型瘦削，这两个人物性情相悖，问题是：（1）您对他们的喜爱，就显露出了蛮有张力的"审美"趣味（及性格）？（2）这审美和趣味，是对其作、还是其人，或两者兼而有之？（3）一般来说，喜欢某人，多少因为在其身上看到部分自己，这说法是否可以用到您对这两位的喜欢和认同上？

　　我迷杜尚，是个例。他独一无二，不可比。
　　我敬爱弗洛伊德，但不迷他。他的女人是毕加索的数倍，可居然一直在画那种要画很久的画，哪来的时间呢？不可思议。

好艺术家我都喜欢，程度不一，经常移情，那是因为"看到部分自己"吗？相反，看到自己完全没有的特质。譬如弗洛伊德不断提醒我：我多么平凡，根本不像个艺术家。

人家去找他，他会开条门缝，抓把刀子伸出来，来客说明自己是谁，这才开门迎客——我绝对干不出这样的事。他很老了还能直接跟人打架，我可打不动。

您在"退步 1968-2019"展自述中说自己此前"总不能放胆"画画，怎么说？到这次画展前的"画册写生"系列终于勇敢行动，转变怎么发生的？

年轻时不知天高地厚，出去开眼，被大师吓着了，处处高标准，胆气就没了。晚年好多了，无所谓了。但近期的写生谈不上"勇敢"，只是破罐子破摔。画会带着你走，自然就一步步放开。

《局部》也是您"退步"展的重要部分，可见您对它的看重。您怎么看自己这个有些特殊的作品？目前为止这三季《局部》让您自己有哪些收获？

我看重《局部》，不因为做得好，而是它的公共性。今天的艺术家极度自私，包括我，我们对社会毫无贡献。但《局部》有了公共性，二十年来，我做的唯一一件有点意思的事，就是《局部》。当然，谈不上贡献，只是娱乐大家。

您在《鲁迅与死亡》里写道：您总想诘问先生：他的时代果真如他所述那般糟糕、黑暗、血腥，还是古昔彼时偏只他遭遇着最黑暗的时代？您的自答是："一如历来的政权夸饰太平，并夸张敌党的危险——鲁迅也可能涉嫌夸张了。"这自问自答印象深刻，觉得有洞见性。

鲁迅没看到我的时代和现实。他要是活在今天，看自己早先的议论，也会嫌夸张吧。他对自己早岁的文章，就是嘲笑的。

但是您最后以归咎到鲁迅和死神彼此选择、凝视和周旋的关系作结。那么，想跟您讨论的是，放在现实层面，审时度势且擅与年轻人往来若鲁迅先生，他的"可能涉嫌夸张"是否也是一种写作策略，以更利于感召青年吸聚应者？

为什么理解为这是他的"写作策略"？他才不会因此而去"感召青年吸聚应者"。人骂鲁迅，说他要人捧，要人跟从，太浅薄了，骂者自己才想要人捧而没人捧，便迁怒于鲁迅。

鲁迅远比我们想象的更复杂。爱青年的是他，看破青年的也是他。他固有"涉嫌夸张"之时，可是哪个大人物没有过"涉嫌夸张"的时刻呢？

我爱鲁迅，是他夸张的姿态好看，耐看。他写道："扛着黑暗的闸门，放孩子到光明里去。"多么煽情，夸张，甚或幼稚——"五四"时代的幼稚——可是呢，句子多好，多么会写。

您个人的写作受到鲁迅的哪些影响？受到木心先生哪些影响？（这两位也很不同）

如果敢说受影响，当然是鲁迅。我少年时读他，部分地成为少年记忆，他的若干词语，他想事情的角度、缘由，跟我一辈子。但我接受不了木心的影响。他是美文，他用的许多字词，我不识，也不懂。

但我与木心熟稔三十年，真正受他的影响，是略微知道怎样改文章。他从未教我怎么改，但他常给我看他自己的文章，这里那里点给我看，哪里改了，怎样改，很得意。后来我也写作了，渐渐回想起来，渐渐有点会改了。

绘画和文字这两种表达方式，在您这里构成什么样的关系？

如果我在画室写作，电脑边上就是画架，画架不远就是电脑。你说是什么关系呢？

我记得您在《纽约琐记》里说艺术家的回顾展是在与观众的交谈中暴露、交出自己，您也写作且著述颇丰，沿着您的这个思路发问：对您而言，绘画和文字，哪个更多地暴露、交出了您？哈哈！

我在文稿和画面中处处暴露，你没看出来吗？

在《上海的选择》里您写道："上海看得起鲁迅、而鲁迅不很看得起上海，上海容纳鲁迅、而鲁迅远远地躲开上海。"说这就是一座城市与一位文人的风流关系，传奇关系。在您看来，今日上海还有这样一位或几位人物吗？上海怎样才能孕育出或是招引来这样的人物？还是说目下的时代气氛，已然丧失此种可能？

照木心的说法，鲁迅是"星宿下凡"。眼下，孕育文化、包容人物的那个上海，早没了。但过去四十年，上海孕育了其他领域的人物。

我记得您在与上海作家吴亮关于他的作品《朝霞》的活动上，说起上海人——至少是上海男人——的正牌气质是流氓气，关于这流氓气您再谈谈吧，今日的上海男人还有此气质吗？

弄堂拆了，流氓没了。我小时候，每条弄堂都有流氓，很野蛮，很好玩。那是前现代、半现代的社会。现在到处是小区，你能想象每个小区窜着几个流氓吗？现在彼此都不认识，半夜牵条狗遛遛。疫情期间，狗也给浑身裹起来，乖得跟人似的。

所谓流氓，分两种，一是到处寻衅惹事的闯祸胚，一是杜月笙、李四宝那种，有帮会，占地盘，处理各种社会上的人际冲突，手段呢，无非是交易、谈判、暴力、阴谋、和解，轮番使用。工人罢工，杜月笙在劳资方斡旋，出钱摆平，河南水灾，他启动捐款救灾。他曾是红十字会副会长呢。

都没了。太平盛世。如今流氓早换了身份，你认不出的。

您已久不在上海生活，这个故乡最让您有念想的是什么（除了家人）？

上海这样的新兴都市，不叫做故乡。早期上海移民各有故乡，现在人口更杂了。我早已是外地人，整五十年前，我的上海户口就被注销了。

故乡是指你家世世代代生养的地方。我会想念插队落户的赣南和苏北，虽然那不是我的故乡。一旦回上海，随处走走，撞见幼年熟识的事物，会想起从前的上海——生煎包、冷面、葱油拌面，还有马路上的风，雨后的气味。

上海人的样子变了，语言变了，新上海生气勃勃，我不是想念，而是羡慕。北京再怎么弄，还是土啊。

曾经或现在在上海的生活中，对你而言最重要、最喜欢的书籍／杂志等出版物是什么，为什么？

我年轻时的上海，没有杂志，书店全部关门，我们一代靠偷书借书过日子。1966、1967年，上海到处在抄家，很多民国时期的杂志，其中包括美国杂志，流到社会上。

不要问我"曾经或现在的上海"。前三十年、后四十年，上海——包括全国每个城市——截然不同。

目前，上海最好的杂志是邵忠老兄的《生活》。十几年前的《外滩画报》也蛮好，还在吗？

曾经或现在在上海生活中，你最喜欢的书写工具品牌或产品是什么？为什么？

不记得了。我早已不领上海的世面："不领世面"，也是一句被遗忘的老上海话，意即你不知道外面的时髦。

你记忆最深刻——尤其是在上海的生活里——最独特的休闲活动是什么？请举个例子。

小时候印象最深的是夏天，几千条弄堂的几十万人，铺满弄堂、街道、广场，集体乘风凉。全是竹榻板床，全是胳膊腿，全是扇子，终宵乘凉的人群大规模聊天、吵架，小范围勾引、猥亵，加上无数恶作剧……这种伟大景观，永远没了。

你是否有最重要的哪个随身用品或是服装配件？为什么？是否有个人故事可以分享？

我超过四十年不戴手表，没有手表，也不戴任何配件，不用皮夹子，钞票和钥匙直接塞口袋里。除了必须穿衣，我没有任何配件——挎包不算配件吧？

我是粗人，别问这类问题。

你认为上海日常生活中的智慧是什么？例如一种行为，或是一种有特殊功能的产品。

这时我倒要分分"曾经的"上海和"现在的"上海。

五六十年代的上海，是民国上海的若干延续，至少，帮会语言，江湖切口，直到我这辈小混蛋还能朗朗上口，现在想想，全是人生哲学，全是做人经验——自保、攻击、巧取、奉承、推托、仗义、认输、卖乖……各有各的词语，各有各的用法。

老上海的语言库，消失得干干净净。语言失去，城市最有滋味的那部分就没有了。今日上海话只是方言，不是语言。方言是口音，语言是智慧。今日上海人一定有的是超越外省的智慧，但其中一定不包括目前的上海话。

　　我既是外地人，又是过时之人。上海是新城市，我不是不想念，是认不出她。我非常想说上海的好话，但其实有点嫉妒，就像外地人多多少少嫉妒上海那样。

充满感激

上海音乐电台采访

平时主要听一些什么类型的音乐?

大部分还是古典音乐,听熟的那些。如果听新的曲子,会分心,我得认真听,但其实这么说不太好,好像音乐在伺候你。但很奇怪,画画的时候耳朵没事,所以很认真听每个音符,同时画画,我不知道怎么会这样。

这可能是因为两种艺术很接近,互相给予灵感。

不会有一段音乐听在耳里,手下就画得特别好,不会的。画画就是工匠的状态,像补衣服一样,一块补好再补另一块。我很难举证哪段音乐会真的对这幅画有好处。我想音乐是更大的存在，你住在这个声音里，做自己的事情。

你十几岁就开始听古典音乐了，那个年代，你是不是听得很小心？

幼儿园老师就弹奏古典音乐。现在还能背那段旋律，但不知道乐曲的名字。一哼唱，就立刻回到四五岁。我永远记得四五岁时排队进房间，一屋子阳光，女老师挺着腰当当地弹，同时用上海话大声点名。

"文革"时听唱片能够辨认的乐音，莫扎特、舒伯特，都是上海人民广播电台播的，也就是我十三岁前。但当时不知道这叫古典音乐，日后听到了，一下子就跟上去。"文革"起来，广播电台任何节目都听不到古典音乐了，但奇怪，就在那时开始认真地听古典音乐，拼命巴结有唱片的朋友，海顿、贝多芬、肖邦、李斯特……完全掉进去。

印象很深的是"文革"结束后，1977 到 1978 年，中央人民广播电台率先恢复播放古典音乐。电视转播李德伦指挥贝多芬《第五交响乐》，是个大日子，我叫了很多人等在电视机旁。上海广播电台也恢复播放古典音乐，直到出国前我都收听这个频率，很专业，又很通俗。它会详细介绍肖邦《降 b 小调第二钢琴奏鸣曲》慢乐章，讲一段，播放一段，如此再三，最后完整播放一遍。

那时做电台的人水准高，极度认真。

最能打动你的和你心性最接近的作曲家作品有哪些？

各有各的好。但我不会说哪个作曲家和我"心性"最接近。我算个啥，如果真有"心性"，都是好音乐给予我的。

你听一部音乐作品，对版本有要求吗？

小时候哪有要求，能听就开心死了。后来到纽约发现一个乐曲有那么多版本，听下来果然大有差异，就一路挑，我会请教别人，但每个人意见都不一样。卡拉扬，我听了不觉得那么好，更喜欢慕尼黑爱乐乐团的切利比达克，他太特别了，就像咱们画画说的，"笔笔送到"，从不夸张，力量特别饱满。海汀克指挥的歌剧，我很喜欢。

有一个指挥曾经很喜欢，和我同岁，里卡尔多·夏伊，意大利人，最近买到他贝多芬全本，又不太喜欢了。

每个人都有好东西，这是说不完的话题。维也纳那个老是戴顶帽子的古尔达，莫扎特、巴赫，都弹得非常好，反而最有名的加拿大古尔德，我不太喜欢。有一度注意听内田光子的莫扎特，东方人的委婉，但太刻意。也喜欢霍洛维兹，后来听了鲁宾斯坦，还是鲁宾斯坦更正。

我对所有演奏家都感激，不是我选他们，是他们在教我。他（她）在说："听，我有多好！"你听过这种好，另一种好又来了。每个版本教你怎么比较，怎么选。尤其四重奏，还是较早的组合好，没那么商业化、明星化。我写到过捷克塔里赫四重奏 (Talich Quartet)，前不久他们还来北京演出，现场没唱片好，也许老一辈某个人走了。

今年正好是威尔第、瓦格纳两百周年诞辰，这两位歌剧巨匠，你更欣赏哪一位？

他俩是个小对头。威尔第说歌剧就是歌剧，有点含蓄地批评瓦格纳的乐剧。瓦格纳还是伟大，序曲和有些片段太好听了，我早期可能有点受尼采影响，不喜欢他的夸张，现在听，还是了不起。威尔第，我倒是看过他很多原版歌剧，现场的至少看过七八个，《纳布科》《假面舞会》……我最讨厌普契尼，浪漫主义歌剧，浪漫主义绘画，我都不喜欢，太激动了，没完没了的表情。我喜欢均衡的,谐谑的,所以特别爱听莫扎特的歌剧，罗西尼的一部分，也很喜欢。

我蛮难在威尔第和瓦格纳之间做出褒贬，世界好就好在既有瓦格纳又有威尔第。

如今越来越多的中国演奏家活跃在世界舞台上。

我相信中国人的技巧、手指、灵敏度，从来都好。但演奏这件事最后衡量你的全人格，看你的内心剧情……有些人一上来就是天才，有些人可能要中年，甚至晚年。

你现在一般用哪种载体听音乐？

多了一个听的方式，就是耳机，好像我也变成演奏家，混在大乐队里。我总想知道一个演奏家坐在第几排，在乐队的左面还是右面，他听到的整个效果一定跟我们在观众席听到的不一样。也许他的位置不如我们好，但最有快感的肯定是正在演奏的人。我画画，我知道，正在画画的人最幸福、最性感，画完一看，半根烟功夫，就觉得没意思了。

但很可能乐手会告诉我：乐队演奏很乏味。演奏是纪律，是集体行为，你不能错。欣赏艺术，尤其是音乐，有些感受我永远不会有，因为我不是那个歌唱的人、演奏的人。

我知道画画的快感，我猜音乐正是这种快感最密集的艺术。我非常感激。戴着耳机一边走一边听，身体想弯下去，充满感激。

2013 年

我们远远不了解"性"

《名牌》杂志访谈

从人的动物性说,人大都渴望拥有多个性伙伴,这与一夫一妻制形成永恒的矛盾。有人出轨,有人想出而不敢出,有人受制于道德的谴责。你怎么看?

这不是"看法"的问题,是"做"或"不做"。人会不安、纠结,但还是出了轨。这就是叔本华所谓的"生命意志"吧,生命意志绝对是盲目的,你得了一条性命,从此不得安生。

性关系是隐私问题,西方社会保护隐私,但主张公开讨论性的困扰,中国人另有一招:"说的不做,做的不说。"我记得上世纪九十年代有不少中国出版物谈婚恋或出轨,书里引述大量案例,但我不很相信,第一,会谈会写的例子，几乎没有；二，最深处的经验，没说出。

你放心，人总有办法解决性困扰——但不说。

那您怎么看最出名的开放性情侣——萨特与波伏瓦的关系？

我相信欧洲、亚洲早就有这类"开放性情侣"关系，只是这两位有名，是展示性的存在，愿意被谈论，于是变成传奇，变成二十世纪两性文化的经典文本。但别忘了，这个文本的前提是法国当年知识分子群体的前卫语境。

性话题永远火爆，真案例永远稀缺，意大利、德国、荷兰、英国……肯定也有类似火爆，他俩的案例并不意味着唯一，而是别的案例隐蔽着，没进入公众话语。

"五四运动"攻击儒文化压抑人性，但古代官僚与文人的婚外性空间和性关系模式，远远比我们想象的多。到民国还是这样，你去读上海老篆刻家陈巨来的《安持人物琐忆》，许多个案和细节，有名有姓。改革开放以来，一切又跟过去衔接了，你懂的。

萨特和波伏瓦的文本是西洋人的时髦，但没说明两性关系果然因此进步，更不说明人类找到了好答案。他俩过世后，各自生前的性关系和性苦恼逐渐被揭示，出版成书，多年前，波伏瓦与她的美国情人的故事还被拍成电影。你把他俩生前身后的文本一起看，案例才相对完整，完整后，还像你听说的那样吗？

倒是萨特说过一句话，很有意思：有一次他与某个情人约会，出现麻烦，萨特赶紧要老友帮忙。当然，这是男人间不光彩的合谋，老友问他："要我帮你撒谎么？"萨特回答："不，这是临时道德。"

这句话也许可以解释你想谈论的问题核心。

能深入地谈谈"临时道德"吗？

"临时道德"的对应词，意指"永久道德"：忠实啊，家庭啊，等等，谁都知道。他和波伏瓦再开放，再开明，临到偷情，还是被大道理困扰，但他到底是哲学家，当场弄个"临时道德"，找个说法。

我不佩服他俩的关系，我佩服法国的自由语境，每个人的"临时道德"不同，解决方式也不同，一万个人会给出一万个应急措施：对了，"临时道德"就是"应急措施"的哲学用语，萨特够聪明，也够厚颜。

人在处理性关系的时候，不同的时期会有不同的想法吗？

都看性格，当然，也看时代。活在严格道德化的时代，你再处理也没用。我们这里，四十年前"乱搞男女关系"既是道德罪，也是刑事罪，多少人受罚，甚至被枪毙。这几十年相对宽松了，不少双规官员很"幸运"，一百个情人不是罪，贪污才被起诉。放在过去，半个情人也可能身败名裂。所以不是处理方式在变，而是时代在变。

那么你认为性和权力是有直接的相关性的？

照西洋人的逻辑，性就是权力。但我下乡的村子里几十户人家，充满通奸情事，村妇野夫有什么权力呢？傻子和幼童也通奸，村长反而规矩。

我写过小散文《捉奸与鸡汤》，讲乡里的风俗：谁撞见通奸，事主就杀鸡煮汤给目击人喝，这种古老的传播功能介于惩罚与和解之间——该让人类学家列维·斯特劳斯分析分析——显然这是古代风习，没人奇怪，哭一场、闹一场，就过去了，通奸呢？周而复始。田里干活时，村夫们大声谈论生殖器、精液……妇女跟着嘎嘎哄笑。你们没在穷乡僻壤待过，我亲眼看见一群已婚妇女摁倒小伙子，当场裤子扒了，没有任何人奇怪，笑过闹过打过，继续干活儿。

那你有想过男性和女性处理两性关系的不同方式吗？

男女肯定不一样嘛，从调情到闹翻，男的总是不明白女的，女的总是不明白男的。男女从来无法了解。一切矛盾（或者幸福）都因为不了解。一百个男人，一百个女人，也会彼此不同，都看各人性格，你无法推销一份人人适用的"临时道德"。

不要去定义两性关系，它永远不会清晰。你怎么相信对方说的是真话？除非审讯。相对真实的性讯息只存在于刑侦档案中。人绝不会说出性关系的全部真相，你肯说吗？人的伟大不是说出事物，而是隐瞒。

关于性事的传说、描述、指控、道白，都不可信，或根本就是造谣、流言、栽赃、捏造。如果人间有一件事不被知道，恐怕就是性。你非要打破砂锅吗？真的打破了，你未必受得了。最后还是隐私问题。这三十年中国改善多了，我曾经生活在毫无隐私的时代，现在年轻人懂得隐私的轻重了。

把隐私扒开来看，淋漓尽致，只有小说和影视。

你指的是什么样的小说和影视呢?

大量小说、电影,特别是英剧和美剧。我想不出还有比文艺更好的媒介能回应你的问题。性需要植入虚构的情境,才能不涉及隐私,又获得一面镜子。

美剧《国土安全》的女主角甚至爱上了自己追捕的对象,进入危险关系。性关系塑造了她,令人相信她是人,而不仅仅是特工。《纸牌屋》那位总统和女记者有染,又把她推入地铁。除了权力需要,那也是人性和动物性的紧急合作。人性只能通过动物性才能被理解,两性关系描述得好,艺术便令人信服。凡是难以证实的事物,人会交给艺术,艺术是在窥探,也是在警告:你明白自己在做什么吗?你要想好!

能谈谈艺术创作和性的关系吗?

艺术创作就是性幻想。张爱玲少女时期就开始描述性关系,可是几乎没有真经验。她先后嫁给胡兰成和赖雅,此外,据我们所知,张爱玲并没有多少情事。托尔斯泰有十二个孩子,夫妻从一而终。但笔下的角色多么丰富微妙,他简直是雌雄同体的人——全是想象呀,你也可以说,就是性幻想。荷尔蒙转入艺术的方式，无穷无尽。

后来读了些资料，知道托尔斯泰也有事，他有位私生子甚至给他其他儿子当马夫，但他不认。婚前更不用说了，十九世纪的青年贵族，那是常态。但他是大字号的善人，我终于明白《复活》为什么写得好。

宗教艺术也充满性吗？

卢浮宫有个十六世纪德国木雕《抹大拉的玛丽亚》，真人尺寸，全裸，金发披散，肤色完全是白人女子的逼真肉色，但木雕的主题是忏悔。同样的抹大拉木雕遍布欧洲各国。文艺复兴画家借着圣经故事画裸体，性感是夹带的私货，艺术总要有性，不然没人看呀。

那你觉得处理得比较好的开放性关系会是什么方式呢？

我可不会想象"比较好的开放性关系"，如果有谁在想，也是性幻想——啊，要是能满足，又不惹祸，多妙啊——十足性幻想！我相信世界上一定有成功的例子，甚至很完美，前提是——谁呢？我们不知道。当事人很少会说真话。木心曾经提到著名情侣勃朗宁夫妇，爱、性，都完美，但谁知道呢？木心知道吗？证据在哪里？除非你是二十四小时监视器。

关于性，一切都是听说的，来自有限的几个名人。临时幸福，临时快感，临时道德，有吗？处处都有，但我们所知甚少，少得可怜。

你试图寻找答案吗？

我很早就明白一切没有答案，性、政治、哲学、理论，但凡涉及答案，我都不太相信。文学中有过令人目瞪口呆的性描述，比如亨利·米勒，还有那位十八世纪的法国人萨德。但我没因此得到启示。我只是羡慕法国自由。在中国，听说有杨绛和钱钟书这样的完美夫妻，我愿意相信，但你要谈论的不是夫妻问题。

私底下，每个人都在打听名人或他人的八卦，但我大致不会相信，那是造谣的领域，大规模恶意，没人为此负责。

悖论是，人永远打听别人的隐私，但听不得真话，胡兰成的叙述是真的——我愿意相信，至少有名有姓、有地点、有时间——结果被人痛骂，骂他的人都是高级知识分子。

去年我在木心美术馆墙上贴了几十条木心语录，其中一段是：

我记得瞿秋白的狱中诗（集唐人句）"无奈万念俱寂后，偏有绮思绕云山"，今见报上有作"何事万象俱寂后，偏留绮思绕云山"。

　　"绮思"即"性幻想"的文言，意思很清楚：瞿秋白三十六岁被判死刑，将死之人，欲念犹在。这是诚实的话。最近读历史学家托尼·朱特的书，他六十岁后全身瘫痪，终日躺着，只有脑袋能动，他写道：居然仍会勃起。

　　身体是不听话的，这就是生命意志啊。

　　真的，绝大部分性经验从未被说出，将死之人也仅说到"偏留绮思绕云山"……影像比文字诚实：早些年有一部纪录片跟踪拍摄妓女。这些东莞女孩节假日立刻结伴回到各自的男友身边。她们天天接客，但每周一天留给爱人，而且绝对不许爱人出轨。我们称她们是婊子，我们有什么两样吗？如果没有纪录片，人不会了解这一面。

　　我非常感动：那才是人性，它比一百份性学专家的报告更重要、更真实。

2016 年 7 月 2 日写在乌镇

两万一千多个日子

《Lens》杂志专访

没有绘画功底就很难拍出好照片，您同意这种说法吗？

什么叫做"绘画功底"？您是指考前班那种磨铅笔的素描吗？我平时瞧见美院的孩子，躲都来不及。好几位时尚圈极好的摄影人一脸惭愧对我说："陈老师，以前我是学画的，画不好，改行摄影了。"我总是由衷祝贺他们的叛变。

曼·雷是个好画家，布列松的画品味刁钻、眼界极高，几乎超越业余水准（幸亏他画画的才能有限，不然摄影史多寂寞）。还有两三位摄影家也画过画，我忘了名字了，此外，至少十打以上的摄影大师从不画画。

我在乎"看画"甚于"画画"。会看画的人，敏感于所有图像（照片是"图像"的一种）。在欧美，会看画（但从不画画）的知识分子远远多于中国。稍有点文化的欧美人从小逛美术馆，读一流的美术读物，知道观看意味着什么。中国只教画画，不教看画，很多蛮好的画家，包括美术史论家，一辈子不会看画。

中国的作家、音乐家、设计家、摄影家、导演、诗人、哲学家，还有所谓人文学者，当他们谈及绘画——真抱歉，恕我说句武断的话——有感觉的人太少太少了。

但这些"家"可能自以为很会看画。去年读了福柯同志谈论委拉斯贵支和马奈的长篇论文，起先还挺佩服，后来简直无法容忍。无知于绘画，不要紧，以哲学概念而细细建构绘画的无知——近乎盲——真让人开眼界。他不是将哲学引向观看，而是将绘画纳入一己的理论，太刚愎了。

张爱玲，不世出的文学天才，画一手好绣像，可她长篇大论谈塞尚，错得离谱。

至今我尚未学会看画。看画，使我不断不断警觉：如何看、看一切，至关重要，那是认知的深渊，没有尽头。

没有理论修养就很难拍出好照片，您是否同意这种说法呢？

什么叫做"理论修养"？您是指美学理论吗？大导演布努埃尔曾遇到一位学院博士，后者问了他一句冗长拗口的理论术语，老头子日后写道：我真想当场绞死他！

如果遇到眼下中国史论界密密麻麻的博士生，我猜，布努埃尔恐怕会当场发疯。

但我同意：摄影大师的每篇访谈给我太多理论启示。当然，不是您所说的那种"理论"。很少见到像摄影家那么会说话，会表达的人。

西方的厉害，是摄影评论。您想想，本雅明、罗兰·巴特、桑塔格、约翰·伯格……无法想象我们这里会有这等人物谈论摄影，而且，请注意：他们个个是文体家。

我采访过一些摄影师，经常听到一种批评，说内地的摄影师想得太少，不太动脑子，但是旁听国内比较有名气的摄影师跟国外一些他们的偶像级摄影师对话，反倒国内摄影师比较理论，而对方的反应往往是"没有想那么多"，您怎么看？

想、理论、动脑子，是三回事。三回事都用功，都有天分，还是不等于好摄影——人还长着眼睛。眼睛，和"想""理论""动脑子"，什么关系呢？柯特兹的目光，桑德的凝视，方大曾的热眼，荒木经惟的一瞥……出于什么理论？动了什么脑筋？

你如果在拍照，同时憋着一肚子"理论"，拼命"想"，根本没用啊。

上周我参加中央美院的活动，嘉宾是德国杜塞尔多夫学派的女摄影师康迪达·赫弗，摄影系老师替学生问了一个他们现在最关心的问题："怎样开始？"康迪达说，很自然就开始了，因为创作影像是她的兴趣。为什么我们没法很自然地开始呢？为什么学生们拥有良好的基本功和理论修为，却为拍什么、寻找到自己的道路感到为难呢？

据我所见，眼下学生们的"基本功"和"理论修为"——亏您赏他们这么高雅的词语——归结为一种无可挽回的灾难，就是，不自然，反自然，不知什么是自然。

"很自然就开始了，"赫弗这句话已经有点不自然，可是修为良好的中国学生未必听得懂：这句话太不理论了。

摄影史上有很多伟大的业余摄影师，为何在中国并没有看到这样的人？

您活在中国，却对中国太不了解。在这里，艺术家最怕的就是"业余"，大家都想混张文凭，蹭进协会，都崇拜"专业""专家"这俩词。瞧瞧中国各种艺术家的名片，全是头衔，谁愿说自己是业余艺术家。

但中国真的有无数业余摄影家。春天一到，牡丹、芍药，或别的什么珍异植物开花时，我亲眼见到大群业余摄影家扛着贵重的大相机，穿着布满口袋的厚马甲，前胸后背悬挂三四个长焦距相机，活像特种部队武装人员。他们喜欢集体出动，钻进公园，对准花蕊与露珠，没完没了地拍。我开过一次摄影会议，不得了，满屋子生气勃勃的业余摄影家，放映无数照片：雪景、山景、夕阳景、朝霞景……

前几年，在芝加哥某处公寓的阁楼废物中，发现了一个已故女士的数千卷胶片，胶片的主人，薇薇安·迈尔，不折不扣的业余摄影家，一辈子的正职是中产家庭幼儿保姆。她的大部分胶卷从未洗印——舒伯特写了十部交响乐，临死前从未听过乐队演奏——现在她是无可争议的摄影大师。我看了她的影集，哑口无言。我想，摄影史大佬都会向她致敬。

她有什么理论修为？据说她是个活在战后美国的左翼个体户，几乎等同乞丐。她休假日就去街头游荡，拍照，无聊赖时，就对着橱窗玻璃拍她自己。

我个人认为，好的摄影作品都是在某个方面做到了极致，然而极致是需要创作者有所坚持的，在您看来，在中国，个体的坚持是否可能？有时候我甚至感觉面临这样一种困惑：为什么要坚持，把自己逼得特别惨？有时候中国人的确是习惯于退一步海阔天空，那么坚持下去的理由是什么？

一面，我相信，中国仍有不少死命坚持的艺术家（包括摄影人），可是太多混账的游戏规则，太多荒谬透顶的说法，使太多有心有才的青年放弃了、迷失了、废了，那些坚持下来的家伙想必很有意志、很有才能——有才而缺意志，难以坚持，有意志而缺才华，坚持也无功。

另一面，是的，好的艺术家常在"自逼"甚惨的境况中，你去读卡帕的日记，去看许多摄影人的自述，他们永在绝望与绝境中受折磨，同时，被鼓舞，被激发。这原是艺术家自找的命，不必诧怪。不要问一个艺术家"坚持下去的理由是什么"。卡帕死于他的选择——其实是他的性格——他说，许多战地摄影不好，是因为"离火线不够近"。这样的亡命徒，难道您追问"为什么非要那么近"？

真的艺术家无法回答，也不必回答这类问题。

谈到记录问题，您看过《舌尖上的中国》吗？这可能是近两年来中国唯一一部有代表性的纪录片，去年一个美国纪录片导演在北师大当客座教授，他说："中国这么大的国家，有这么多问题，为什么拿出一部谈论食物的影片来作为代表？"您会怎样回答这个问题呢？

舌与嘴的功能，一是吃饭，一是说话。美国人太自由，太在乎说话的功能了。中国人可不。中国这么大，这么多问题——先吃饭吧。

前几年，刘小东创作了一个关于他故乡金城的系列油画，反响非常好，侯孝贤监制的纪录片《金城小子》也有相当的水准。但这方面的纪实摄影几乎是空白，没有这些作品在前，大多数人想到这个主题，第一反应会是"这有什么好说的？"很多问题并不是没有被揭示出来，而是被熟视无睹，比如环境问题、城市化问题、身份焦虑问题。所有人都身处其中，但是是一种既混沌又麻木的状态，导致作品很难产生陌生感和震惊感，这种状态该怎么打破？

就是前面那两个问题：一、不知本能地观看，不知"自然地开始"。二、看见了，感到了，不敢说，说了，也说不痛快，说不透，以至不会说——中国遍地都是故事，都是绝佳素材，艺术家在干吗？

是的，"所有人都身处其中"，嘻嘻哈哈混，干吗要"打破"啊。

不仅仅是影像，在文字记录方面，近几年来，写中国的文字中，反响最好的是彼得·海勒斯，一位美国记者，不知您是否看过他的作品。当然他有他的优势，一种外来的目光，问题是，国内的记录者怎样找到自己的叙述方式呢？换句话说，您认为是否存在一种内在的目光和讲述方式呢？

好的中国影像，不幸——或有幸——多是外国人拍摄的。文字也一样。描述延安的最好的文字，就我所见，还是美国小子埃德加·斯诺的那本书。

1938 年卡帕在武汉拍的照片，1949 年布列松在上海、北京拍的照片，我不会在意那是欧洲人拍的。没有他们的锐眼与天真，我们几乎不认得自己。虽然我从未在民国生活过，但在这两位的照片中，我随处遇见我的父兄。

重要的不是中国或外国，而是，我们不认得自己。您瞧，布列松和卡帕拍法国、德国、俄罗斯、美国和日本，也跟拍中国一样，凶狠而锐利，那是人的"内在的目光与讲述方式"。他们不会想到这里是中国或别的什么国。布列松说过一句令我惊讶的话，大意是："我每次去一个国家拍摄，都将那里视为我愿度过一辈子的地方。"

他们在乎"人"，不是"国家"。

但我绝不想说，中国摄影家从未拍出好的中国影像。吕楠拍得很好很好，我肃然起敬。前年我给任曙林写了一篇文字，上世纪八十年代他拍一所学校的中学生，拍了七八年，非常质朴、饱满、耐看，好到你可能会错过他。

您认为政治限制对影像表达是一个决定性障碍吗？

致命的不是政治限制。马格南成员，还有欧洲许多摄影家，一辈子受到他们那里的种种政治限制——包括麻烦透顶的商业限制。商业在欧美，等同政治。科特兹给纽约时尚界当了半辈子商品广告摄影师，晚年说起来就生气——但是，这类限制是激励他们拍出好作品的动力之一。

三十年来，中国的政治限制比"文革"及其前期，无论如何减弱多了，无数空隙等着艺术家。但我没看见艺术家更自由，更自主，大家只是更放肆，更投机。所以，部分"决定性障碍"来自我们自己，但我们并不自知。

记录影像有个特点，它需要有一定的社会影响力，能够改变一些人和事。然而网络时代，语言和影像泛滥成灾，最引人注目的表达可能是某种方面迎合大众口味和潜意识的，在这种情况下，创作者该如何有效地发出自己的声音？

世界各国艺术家都面对网络时代。我不知道如何有效发出"自己的声音"。我想，你的声音足够好，足够独一，仍会被听见的。

前网络时代并不比今天更冷清。那些日后成为经典的摄影作品诞生之际，你要知道，同时，还有成千上万的人在拍照。上世纪一战、二战前后的摄影经典，是从多少万多少万张照片中脱颖而出的。

惦记"社会影响力"，无法拍照的。伟大摄影诞生于几百分之一秒，那一瞬，没人想到影响社会。摄影家是疯狂的人，我相信他们在猎取的瞬间不知道自己在干什么。此即"忘我"之境吧。我是画画的，和摄影家一样，是干活儿的人，当我画出最好的部分（当然，只是我的"最好"，不足道），脑子完全空白。

再者，绝大部分艺术"迎合大众"，这不是坏事。我喜欢好的大众艺术、流行艺术，不少天才摄影家终生是新闻记者，没有比新闻更大众的。伟大的作品是人类的意外。我想说，要是若干作品果真影响了社会，也是一场意外：真正影响并主宰社会的，从来不是艺术，而是权力，武力，还有钱。

摄影天生有一种时间的属性，许多伟大的摄影师最后都走向关于"死亡"的主题，这种感受在观看老照片时尤为突出。您怎么看待摄影与死亡之间的关系？

摄影也会死的。早期摄影早就死了，胶卷时代死了也有二十年了。

您平时拍照吗？南·戈尔丁采访过莎莉·曼，她问："你习惯于把地平线放在哪儿？"莎莉回答说："放中间。"您会把地平线放在哪儿呢？

刚学会用 iPhone（苹果手机）拍照，妙极了。我不断调整地平线——在野地撒尿时，我会拍摄眼前的草丛——就我所见，南·戈尔丁不在乎地平线问题。我喜欢她，瞧她那幅被男友打得鼻青脸肿的自拍像！她和我同龄，出道时刚好三十岁，那时我在纽约，买了她的影集。2000

年回国定居进关取行李，戈尔丁的集子被海关官员查阅，翻看很久，客气地没收了。

还有一个问题是关于未来的，您对未来是乐观还是悲观？您是否相信宿命呢？

我们存活的现在，就是无数古人的未来。单说杀人这件事吧。关云长挥刀出阵时，绝想不到未来有人发明枪和子弹；发明枪弹的家伙，万万想不到未来会有核武器；核武器第一代专家，又岂能想到今天的电子武器系统？

两种人酷爱叨念"未来"，一是早先的共产主义者，一是年轻人：您一定是八零后。木心说："年轻，就是时间银行里还有许多存款的意思。"您大概操心这一大笔存款怎么用吧。

去年本人六十岁了，有位可爱的学生算出这个老家伙已度过两万一千多个日子。多壮观啊！我没学过哲学，以上数字，以及我将可能继续拥有的天数，意味着"乐观""悲观"，还是"宿命"？

2014 年 5 月 8 日

讲 演

为什么我不是读书人

深圳读书月讲演

大家好。

今天的辩解是：为什么我不是读书人。

这是老实话。刚才在餐厅碰见上海来的许纪霖先生，他很好玩，几年前第一次见到他，我说："你和陈道明真像。"他说："不对，是陈道明像我。"真的是读书人，昨天的丁学良先生也是读书人。深圳的读书月请的学者教授，真的是读书人。

但我不是。我是69届的初中生，66届的小学生。有一位著名文学家和我同届：王安忆女士。1983年她和她妈妈茹志鹃女士来纽约访问，说要见见，就见面了。一见面，我非常高兴，因为我们这届读书最少，她居然会写小说，我很惊讶。

我还有一位老朋友，是阿城。他高一毕业，没上过大学，你们要是和他谈话，发现他什么都知道，读书之杂、之多，记忆力之好，惊人。我交到这些朋友，不断发问，没看过的书听他们讲讲，好像就算读过了。

大家知道，1966年，我们这一届正好小学毕业，十三岁，全部学校关门停课。但小孩子高兴坏了：第一，不上学了；第二，不考试了；第三，在马路当中走；第四，任何政府机关、公检法、上海市委，十三岁的孩子可以长驱直入，爬到屋顶上眺望，豪情万丈，不知道干什么。

混掉一年之后，又"复课闹革命"，小混蛋们全给弄进中学去了，你住在这个区，你就进这所中学，用不着考试。进去后，直到毕业，没有一堂语文课。数学课呢，有的，每人发几页打印纸，至今只记得一句："两点成一线"。

此外还干什么呢？一是到工厂劳动，二是到农村割麦子。

这是在读书吗？到了1969年初中毕业，我们就被塞到火车里，全部送到乡下去了。这样一种学历，到处跟人家说"我是读书人"，太猖狂了。

历史总有意外。红卫兵抄家，冲到人家家里，把书拿出来。拿出来干吗呢？两种办法：一是当你面烧掉，熊熊烈火，我见过好几回。有点钱、有点家底的上海人家，一箱一箱书被从楼上扔下来，堆在街上烧。

还有一种呢，就是红卫兵拿回家看。红卫兵也喜欢看书的：《基督山恩仇记》《安娜·卡列尼娜》。晚上抄家，白天醒过来，就看《安娜·卡列尼娜》，能想象吗？一个红卫兵，十六七岁，看普希金，看莱蒙托夫，看公爵为了夫人开枪决斗。总之，一帮野孩子在读贵族写的书，我也是其中之一。我没有当红卫兵的资格，但有红卫兵朋友，大家借过来借过去。

这份书单报给大家听听，普希金、果戈理、莱蒙托夫、契诃夫、屠格涅夫、托尔斯泰、陀思妥耶夫斯基，美国作家德莱塞、海明威、杰克·伦敦，英国作家狄更斯、哈代，法国作家巴尔扎克、莫泊桑。这是五零后青年的共同书单。当时就那么多译本，大部分还是民国译本，所以我很小就看竖排本，繁体字，后来去纽约看对岸的报纸，竖排本和繁体字，没障碍。

中国文学四大名著，当时借不到——今天的七零后、八零后、九零后几岁读的四大名著？我实话告诉大家，我到四十岁出头才读了《三国志》《水浒传》《红楼梦》，可是过了读书的年龄，记不住了，只记得在大都会艺术博物馆临摹名作，出来抽烟，就读《三国演义》，读到关公"遂牵出就刑"，眼泪下来，心里好委屈。

我到纽约时，英文没好到可以直接读原文，就看台湾翻译的各种哲学和文论，叔本华、尼采、本雅明、罗兰·巴特。这些书应该年轻时看，慢慢到三十多岁，就有分析能力了。可是我四十多岁刚刚读。现在大学教哲学、教文论的年轻教授，初中高中就看这些书，记忆力好、概念清楚。我站在他们面前，怎么好意思说我是读书人？

大家知道上海、北京从前都有旧书店，上海有一条福州路，民国时期遗留的旧书店一家连一家，很多宋版书、明版书、清版书。我小时候经过，还能看到，虽然公私合营，但世世代代旧书店的味道还在。

前年到东京，问人家哪里是旧书店街？说是神保町。一看，立刻想起福州路。可是家家书店都很旧，小得要命，老板坐在书堆中吃便当，弄个小电风扇，小灯泡挂着。他不是穷，不是破烂，他是摆谱，他真的有谱可摆：我这是多少世代的旧书店！

这就是所谓"人文积淀"。我们这儿呢？没了。

刚才说的这些书，交给今天任何一个热爱文学的高中生、大学中文系的学生，说，"哥们儿，我读过这些书"，他不笑我，就不错了。这是最起码的书单。我到现在经常认不得生字，母亲写信不断纠正我的错别字。

母亲也不算读书人，上到初中，抗战了，出去参加抗日救亡剧团，十五岁就走了。她是民国老知青，浙江乡镇的老师从日本留学回来，教古文，教英文，母亲识字比我多。她喜欢看字典，认识很生僻的字，诸位想想，一个民国初中生居然认识这么多字。她说，她没想到儿子会出书，哪页哪页，错别字，笔误，她就标出来。我看了，毫无反应，因为我早已破罐子破摔，算述了。

我说自己不是读书人，也有点说反话的意思。

读书是很安静的，屋里有人，但没声音，肯定在读书，现在变成看电脑——论教养，你是读书人，别讲，更别挂在嘴上，因为不是了不起的事。读书也好，弄艺术也好，不要弄成一个身份，你会画画，会做两行诗，会弹钢琴，别跟人说。这是我到国外学会的。国外很牛的人站你面前，害羞得要命，弄了四五十年，他拼命躲，不讲：原来教养是这个样子。

我少年时从没当面听哪个人说：我是读书人，我是知识分子。1978年到北京上学，交到新朋友，发现真有人会说：我是做学问的，我是读书人，我是诗人……我听了，好害臊：怎么好意思说出来呢？

但人家已经手伸过来了，就握握手。

改革开放以来，更装了，名片递过来，印着"某某画院二级画师"，然后打电话来：丹青啊，我通过一级画师了，咱们喝酒。这等于告诉你：我是处长，我是局长，我是厅长。我不知道什么时候开始，人的身份那么重要。

当然，重中之重——我们喜欢讲"重中之重"——就是官位。今日中国的官文化，《官场现形记》的作者活到今天，抱头鼠窜，根本看不懂。

可是我说自己不是读书人，已经不该说出口，也属于没教养，但没办法，每次讲演都要预约讲题，我举着电话在那里现想，急出这句话。

一整代的教养失去了。不知道这就是没教养。

我相信，胡适不会对人说"我是读书人"，陈寅恪不会对人说"我是研究学问的"。陈寅恪游学列国，懂二十多种语言，可是我画《国学研究院》时看他的资料，任教填表，就两种语言，梵文，德文。他到香港养病，太平洋战争爆发，日本人来了，派人到他家让他出来做事，他不肯，日本人说，出来做事，家里就送粮，他还是不肯。结果大概有点粗暴了，危险了——具体什么情节，我忘了——忽然他就和日本人讲起流利的日语。他太太吃一惊，不知道他日语这么好。

我记得在胡适的书里看见"我们读书人"这句话，我相信那是另一回事，是他抗争的姿态，针对国民党，意思是说，你们是武人，是弄政治的，国家的事情不能你们讲了算，要听听读书人怎么讲。但我相信他平常不会跟人这样说。

今天为什么会有这句话？因为大面积丧失了读书的传统，巨大的断层。等到水泥地慢慢长出荒草，大家高兴了，有一种身份确认：你是做生意的，你是当领导的，我呢，读书人！

但背后有大尴尬。今天的读书人，说实话，不是社会上被尊重的一群人，他最后剩下不那么丢脸的身份，雅号，就是"读书人"，此外呢，他什么都不是。他知道社会看他不起，他心里会对自己有个交代：我没钱，我没权，可我是读书人。

今天一个房地产商走过来，会连连说："陈先生，不好意思，我是做生意的。"他也许很诚恳，但谁都知道，那才叫身份。我常遇到有钱的主儿，年纪很轻："不好意思，我是个俗人。"他清楚自己的地位比别人高，他是真正被尊敬、被巴结的人，这顿酒席，这个场子，就是他买单，所有人对他起立干杯。

也许我错了。这是微妙的事情。在座哪位如果对人说"我是读书人"，请抗议：我不是你讲的那个意思。

我说我不是读书人，还有点气话的成分，为什么呢？

最近钱学森刚刚去世，他绝对是读书人。民国时期出了吴健雄、杨振宁、李政道、钱学森等，他们回来后，你哪里看得出他是从美国回来的？穿件军大衣，戴个军帽，跑到西北无人区研究原子弹，但他得到最高礼遇，绝对养起来、用起来，饥荒年代，这些人的粮油配给、糖的配给，和普通人不一样。

文艺人不一样。那些年多少文艺人自杀、被关押、发疯，然后衰败。最著名是老舍跳河、傅雷上吊，上吊时还是有教养，和太太一块儿商量，万一绳子断了，掉下去，惊动邻居，就垫了棉被——最后一分钟，还有教养。遗嘱呢，欠谁谁谁多少钱，嘱咐归还，佣人跟一辈子，留多少钱，存折在哪里……简直像苏格拉底。苏格拉底临死前说，欠谁一只鸡，要归还。希腊时代，一只鸡那么重要。我昨天吃了广东的好鸡，每根骨头都啃完了。

民国时期知识分子的命运，也痛苦，有些走向歧路，有些走向死路。

最近这三十年的情况呢？

上世纪八十年代初流传一句话——"搞原子弹的不如卖茶叶蛋的"，这是真的。为什么呢？当时小摊贩、小生意被允许了。阿城告诉我，有位云南知青回到北京，没活干，自己拿个大桶，就在北京火车站外马路上点起火来，做面条，千千万万旅客出来吃碗热汤面，很快发财了，成了万元户。

那时，工资改革、市场经济，还没开始弄，一个在社科院、在军事机构的老工程师，工资可能真不如一个卖茶叶蛋、卖面条的。九十年代不一样了，新世纪更不一样了，学者、文人、科学家的工资待遇、社会待遇，比过去好很多。前提是什么呢？好好工作，给你房子，地位，给你一级教授、二级教授的头衔，你还要怎样？总之，一个设了前提的尊重方式，打引号的尊重方式，总算有了，好多文人、读书人，因此进入权力层。

常看到《南方周末》突然头条说，有个"学者官员"落马了——骑在马上，然后"落马"，活灵活现——以前拿过硕士、博士。例子看多了，我就想：好啊，你们去做读书人，我可不做，我是画画的。

今天读书人被发现了另一种价值：做门面。

我回国时正好大学合并，糊里糊涂被弄到利益圈，一天到晚听他们讲院校合并、开发校区、学术科研、项目经费……时间久了，才明白，原来一大群知识分子被一小撮进入上层的知识分子用起来，做国家的门面。对外说：你看，我们有多少教授、多少博士生、多少学术成果、多少研究项目……如今全世界规模最大、教授最多、博士最多的大学，是我们。

世纪初中国人打倒孔家店，世纪末，孔子又成了圣人。据我所知，全世界现在有很多孔子学院，教些什么呢？据说主要教中文。教中文也好，歌德学院在中国也主要教德文，但人家还有一大堆文化项目，不知道我们有什么项目好意思给人看。

鲁迅的老话："孔夫子之在中国，是权势者们捧起来的。"李零先生讲得对，孔子生前就是一条"丧家狗"，一天到晚手里端有很多好意见，找君主——你要不要？不要。又问那里：你要不要？不要……

所以知识分子的地位可能从来没这么高。我的同学现在是司局级官员，七零后的学生跑过来，递名片，我一看，唉哟，我得叫道：王处长您好！好久不见！

所以我说自己不是读书人，也有沮丧的意思——不是为我沮丧，是为叫做读书人，或者自称读书人的人群，感到沮丧。

韩寒，我佩服他。他写了一篇"所谓文化大国"，说，中国富豪榜没有一个出版商，没有一个文化人，全国出版业、书业一年下来核算利润，根本比不过随便哪个房地产商。我不知道数据哪里来，可能有小错，但不会大错，在座肯定清楚，中国今天真正有权有钱的人，根本不是文化人、教书人、出版人。

韩寒说他要办杂志，要给作者最高的稿费，他说文化人活得太没尊严了，一万字也就几千块钱。翻译上不去，稿费太少了，可怜巴巴过日子——我们拭目以待，看看韩寒会弄得怎样。

问题：经济收益是不是衡量读书人地位的标准？你可以说是，也可以说不是。韩寒是畅销书作家，他有资格这么说：他坦然承认，今天的高房价，他买不起。全世界像他这样的博客点击量，几乎没有。欧美谁有过一亿两亿的博客点击量？德国人口几千万，也就和我们台湾省差不多，荷兰人口只是台湾省的一半。

总之，我说我不是读书人，第一，是老实话；第二，是反话；第三，是气话；第四呢，有点沮丧。我还要告诉大家，说这句话，是想给知识和书，留点敬意。

我读书太少了。每本好书告诉我：很多事情、很多道理，你根本不知道。媒体让我推荐书，我每次拒绝，你怎么知道别人没读过？所有书教给我一件事情——你不要自以为是，你要自以为非。

昨天媒体采访，问我到不到书店去买书。我去的。上世纪九十年代回国，一大快乐就是窜书店，买一堆，很重地扛回纽约去。可是很惭愧，2002年后，若干书店里出现我的书，从此我不进书店了。我没办法告诉大家这是什么心理。我很年轻就有办展览，只要有画挂在里面，我就不好意思进去，磨磨蹭蹭，展览收了，才帮着把画摘下来。

胡兰成说，古人箭中靶心，射手会低头叫一句惭愧。我小时候看体育场那些人投篮，发现最会投球的家伙投中了，满场叫好，他总是涨红脸，低头跑开。

我没想到会出书，会卖书。有两次学生开车带我经过三联书店，说：咱们进去看看排行榜？我说：你去。我躲在外面。销售活动得去，人家买你的书，是捧场。平常呢，我再也没有在书店泡一个下午的享受了。

我对书充满感激，对阅读充满感激。一本好书让我安静下来。法国人蒙田讲过一句话，大意是：人类的一切灾难，是人回到家里还是安静不下来。现在我在这里作秀，不要脸，回到房间，两分钟，一根烟，马上安静下来，写中断的稿子。昨天记者问我阅读有什么好处？我想来想去，就说：书让你静下来——很要紧很要紧的一件事啊，气功，打坐，念佛，也无非让你安静片刻吧。

弗吉尼亚·伍尔夫，英国女作家，跑到水里自杀了——有部英国电影，很漂亮的女演员扮演伍尔夫，叫做《时时刻刻》，一上来，她站在河边犹豫，要不要死，然后咣当跳下去，摄影机从水下拍她的裙子散开来。她被认为是最早期的女权主义者，在她的年代，女孩子能有自己的房间，关起门做自己的事，不去做家长和社会要她做的淑女，很难很难。她非常恳切、非常智慧地写了一本书，叫做《一间自己的房间》。她为什么要有自己的房间？她躲在房间里干什么？

她在读书、在写作，安安静静。

我想说：每本书都会变成你自己的房间，给你庇护，使你安静。在座的年轻人还没出道，租不起自己的房间，我们插队时，田野里睡过觉，两三个男孩挤很窄的床，也睡着了，但是我的青少年过得蛮快乐，现在想想，就因为有书，有了书，好比有了自己的房间，每本书就是自己的房间啊。

2009 年

我们的童年更像童年 *

"十七年教育"始于 1949 年，终于 1966 年。那时的教育有两种，一种是主旋律，教材全部革命化，唱《我们是共产主义接班人》《弟弟梦见毛主席》。那时作曲家比现在会煽情，现在回想起来，那时的革命歌曲比现在真诚，唱着唱着，小孩子真的相信长大后肯定是"革命接班人"。

还有一种是"副旋律"——做人要有志气，长大才有出息。那时的大人常说这个孩子有志气，那个孩子没志气，这就是价值观，而且是传统的。社会上宣传革命理想，私下里家长灌输"个人奋斗"，是良性的功利主义，不像今天公然撺掇你当官发财。

---

* 这篇讲演是在哪年，哪里，完全忘记了。

我小时在的上海茂名北路小学，校舍是民国有钱人家的洋房。老师是民国师范学校出来的大学生。同学关系单纯，富孩子不炫耀，穷孩子不自卑，上世纪五六十年代，人都蛮"傻"，鄙视财富，不少资产阶级家孩子拼命穿得破旧，跟穷孩子玩，部分原因是害怕，部分原因是真诚的。

我记得老师非常重视学生的特长发展。我小时候有一丁点儿优点，老师就夸奖。作文写出来，老师当堂念；我喜欢画画，马上让我出黑板报……随便哪个同学有爱好、有特长，都能发挥。各种兴趣班，跳舞、画画、算术、飞机模型、运动项目……我从小没有怀才不遇的感觉。

那年月重视少年儿童，不完全是意识形态灌输。什么都有孩子的份儿，我们都很正面，很开心，顽皮得一塌糊涂。"十七年教育"其实蛮良性的，我们的童年更像童年——天真、活泼、朴实，那段光阴到"文革"，一夜就毁了。

父亲在税务局工作，曾是工会干部，做文宣，会写文章、弄剧本，歌也唱得好。父母说话直爽，先后在1957、1958年被打成右派，工资削减，家里穷下来，每人每月生活费七元。我四五岁时父母下放劳动。他们从来不要求我争取进步，不鼓励我去做当时的好青年——这也是教育。我从小讨厌凡事有目的的人。

印象很深的是外婆和弄堂里的老人。老人大多不识字，但随时随地告诉你做人的规矩：进门先叫大人；大人没坐，你不能坐；大人没吃，你不能先吃，吃饭不要说话。包括迷信和古谚，如做坏事有报应等。我至今养成的习惯都是大人教的：米饭粒掉桌子上，会用筷子夹起来。劳动，做家务，自己打理自己。上世纪五六十年代物质匮乏，人人懂得节俭惜物，彼此互助，那是前现代社会的普遍德性，现在没了。

家庭是教育的第一单元，比学校更重要。贫寒有贫寒的好处，懂事、知足、扛得住事。我的儿时记忆是买菜、生炉子、缝被子、补衣服。五岁到八岁经历饥荒，虽然不知道挨饿的原因，但明白世道艰难，低头承受，后来下乡当知青，吃得起苦。

六十年代初，父亲在农村劳动得了血吸虫病，被准许休假，他对我开始教育——不是口头教育，而是行动。现在想，他很郁闷，一天到晚看书，看鲁迅、托尔斯泰，还有历史书。我也蹭着看，虽然不懂，但记忆下载了，长大了居然写写鲁迅，近年还写访俄游记，就因为小时候念了大人读的书。

母亲教我诗词。我们家是石库门房子三层阁楼，母亲在门板上用粉笔写唐诗，一字一句给我讲。我要去插队了，母亲就在门板上写：

男儿立志出乡关，学不成名誓不还。

葬身何须桑梓地，人生何处不青山。

我问什么叫"桑梓地"，妈妈说就是你生出来的地方呀。那时我十六岁，一读，心里就昂然，很伟大的样子，结果到了山沟，原来那么苦啊。

现在想来，当年无数家庭，谈吐、衣着、待人接物，都还是从前规矩，长辈的言行举止、德性做派，影响孩子。"文革"抄家、批斗，家庭结构毁了，尊严没了，传统人际关系永久性结束，无可挽回。中国教育现在这种状况，不仅仅是学校层面的问题，还因为家庭单位早就毁了——家长不知道怎么教育孩子。

"十七年"时期，中国封闭，是前现代社会，孩子多的是空闲和玩耍。上海城区的学生课余时间都上树爬高，烂泥里捉蚯蚓，接近半农村生活，与自然不隔。"文革"强行让孩子参与工农劳动，未必全是坏事。我初中时每年春秋去郊区劳动，摘棉花，割麦子。

今天中国暴富，忽然进入后现代形态，孩子和老鼠一样独自玩，与自然隔绝，与劳动隔绝，与手工隔绝。毛泽东的教育思路来自前现代社会，苦其心志、劳其筋骨，要游历、要开眼界。有时想想，我们可能真是毛的孩子。现在的学生太脆弱，太被动。美国那么富有、自由，但美国孩子远远比中国孩子能吃苦，能承受，今天全国家长宠孩子，会有报应的。

关于《局部》

我的小小的野心

《北青艺评》访谈

2011年"理想国"文化沙龙时参加过您的群访,当时您没有选择坐着讲,而是站着点燃一支烟,和记者们聊了很久。这次录制《局部》,梁文道选择了在街头行走,您自己选择端坐。当时是怎么考虑的?

那年我五十八岁,今年六十二岁。你要是活在这一组年龄,就不会有这一问。目前我仍站着画画,常年养成的肢体习惯,但站着做视频,身体不明白我在干什么,坐下谈,安然多了。

《局部》配有连续不断的画面,文道的背景就是夜晚的街道,他需要有动作。他才四十五岁。我要是在这岁数,爬树上讲也可以。

您曾经在接受采访时调侃自己对着稿子念，选择写稿子而非纯脱口秀对表达有什么影响？

脱口秀就是脱口秀，我被分配弄十六集，等于要写十六篇文章，然后当场念。名曰脱口秀，其实是假的。

空口说、念稿子，各有利弊。随口神聊当然生动，所谓"妙语连珠""出口成章"，但我做不到。我不会单独讲半小时，更别说一两个钟头。我很早离开单位，没有长期开会和发言的经验。

我试过空口演讲，十分钟后就乱套了。所以凡是自以为重要的场合与话题，都会事先备稿，照着念。但这是脱口秀的大忌。美国脱口秀全是当场痛说，语速飞快，不断不断有笑点。据说这类脱口秀（不管是娱乐、时政）有庞大的幕后班子，有时多达数十人，搜寻话题、准备海量的资料。当然，关键还是那位快嘴天才。

说话就是说话，许多饱学之士不会说话，二者兼得的人，极稀罕。说回《局部》。我知道自己不可能忽然变成口若悬河的人，所以功夫花在文案。观众或许因此宽谅：这家伙讲得实在差，但内容可以看看，那些美丽的画遮了我的短处。

负责剪辑的导演梦茜才是《局部》的功臣，因为她，节目变得可看。许多画的准确资料是梦茜辛苦找来的，我看了剪辑后的成片，这才知道。

一期十六到二十分钟的视频，稿子要写多少字，写多久？是一次成功还是前后修改了多次？

三千五百字左右。每篇平均写十天。不断改。我所有稿子都不断改。可怜的是，每集写完录完，总不知道下一集讲哪位、讲什么。决定了，也是一行行写着，才慢慢知道讲什么。

交流，尤其是通过视频节目的这种交流，真的是有意义的吗？

视频出现前，人看电视，电视普及前，人听广播，无线电发明前，人人一大早看报纸。在前现代，人类的所谓"交流"大概就是"街谈巷议""渔樵闲话"吧，加上明代兴盛起来的章回小说。据说古代朝廷的"媒体"，是快马加急送密信，一路换马，许多马愣给跑死了。古代各省的驿站就是为这个准备的，躲雨、歇息、喂马、换马，驿站官员在当时很重要的，等于今天的国家军事情报兼媒体机构。

视频交流"真的有意义"吗？我可不知道。你觉得呢？

十八岁的感知功能是全息的，看世界全身都是摄像头，十八岁好也好在不自知。有一期视频旁边网站给的互动话题是"聊聊你的十八岁和你希望的十八岁"。您的十八岁如何度过？当时您在赣南与苏北农村插队落户吧？讲讲那时的经历和感触吧。

一个北宋年间在宫廷画画的十八岁少年，和今日北京市朝阳区十八岁孩子，没有可比性。莫扎特十二三岁就坐着马车巡演欧洲各国，皇帝还抱起他来亲他，歌德就站在边上。

古时候，差不多直到我出生的五六十年代，十三四岁的孩子离家出门，在各种行业当学徒，生炉子，倒痰盂，擦洗、跑街、盘货、做账、催债、躲债，什么都得学着干，挨打受骂，忍功一流，十六岁以上已是老练的徒工，甚至被委以重任，独当一面。许多大人物，当官的、经商的、做学问的，学徒出身。三联老前辈沈昌文，老连环画家贺友直，都做过学徒。

七十年代我在赣南插队时，太阳刚出来，村中的十八岁少年已经砍了柴禾背下山来，划几口稀饭，又下地干活儿。农村孩子到了八九岁上就是小小的劳力。我十七岁那年，插秧、割稻、砍柴、挑公粮，全都会了，十八岁得了急性肝炎，生日那天，赤膊躺在公社诊所木床上，枕头是一块砖。十天后能下地走路了，晃悠着走到小坡上，请当时游走各村的乡村照相师拍了照片，发你看看，就是条草狗。

你问感触，我只记得拿本破烂的苏联译本《卓娅和舒拉的故事》，深更半夜，就着油灯读。这本书是苏联卫国战争的著名传记，是一个母亲回忆她死去的儿女。我读着，哭得一塌糊涂，眼泪流在那块破砖上。

讲《千里江山图》的时候，很多观众印象深刻的一句话是："他好像知道，过了几年就死了。"无限悲凉，就那么收住了。当时怎么想到用这个结尾？

老天爷，我一点没有要读者悲凉的意图。别说北宋，直到二十世纪前半，全世界的医术都还差，除了少数先进国家，大部分国家的少年儿童，夭折率太高了，没人格外惊讶。

谈论上千年前死去的少年，和最近被你获知的哪个少年的死（如果你认识他，甚至是亲戚），人的感觉是不一样的。《千里江山图》最后来这么两句，是整个叙述的修辞，一点不"悲凉"。做节目时，灯光开着，三架机器对着你，哪有什么心情啊，赶紧念完拉倒。

如何看待那些传世作品只有一件的画家？其中您最喜欢的一位是谁？

传世仅只一件作品的画家，很少很少，节目里都提到了，五代顾闳中也只留得一件，《韩熙载夜宴图》，我真想看到他别的作品，不可能了。《局部》刻意选择大家不太知道、不太留心的画，这是我存心里很久的小小野心，就是，讲述"次要的作品"。

您在节目说的有一点我很认同，很多人想象中国古典画家都是白胡子老人。为什么会有这种刻板的印象？

不是"刻板"印象，而是千年有效的阳谋。一个威权的文明，老人符号很必要。中国是表面上敬老的文明，同时挟持老人，摆平同辈，威慑晚辈。总之，一整套精致的利益关系，年龄本身就是资本和策略——很难改变的，那是全社会的人际网络和文明图腾。其实不必老，哪怕四十岁对三十岁的晚辈，也能压一头。

你瞧那些没有利用价值的老人，谁敬重，谁尽孝？

缩小到绘画，技术上说，中国水墨画是一个休闲的、养生的、几乎业余的游戏系统，适宜退出工作和权力的人玩弄。但王希孟那路工笔重彩画，必须年轻，目力好，脊椎好，精气神饱满，经得起一整天一整年伏案画画。

但中国书画从来推崇"老境"，意思不是说年龄，假如你才二十郎当，说你的画"苍老"，下笔"老辣"，那是夸你。所谓"老成持重"，也是夸年轻人。这一层，我倒也还同感，现在三四十岁的写家画家，下笔总嫌嫩。

王希孟那是星宿下凡。画史很少谈他，他在画史之上。

您提到，要好好保留自己的孩子气，木心先生说所谓元气就是孩子气。孩子气在当今社会是"行得通"的吗？注定会遇到更多苦难吧？

当我说"保留孩子气"，是对四五十岁以上的爷们儿说的。孩子气的对应，就是暮气、俗气、习气、痞气、油气、官气、专家的平庸气、书生的酸腐气，等等等等。

所谓孩子气，就是纯真和本色，当今社会是否行得通，我不知道。暮气、痞气都很相似的，孩子气却是形形色色，在各种人那里，不一样。半大不小的女子或者蛮有孩子气，一发嗲，事儿办成了，因为成人吃这一套，有些成人呢，又太幼稚，处处碰壁，闹笑话——那不是孩子气，那是傻。

高贵的孩子气，譬如莫扎特，千年不遇。

七八十岁的老头老太倒是常见孩子气。你去养老院和街巷人家看看，老到那份儿上，孩子气出来了，孩子样也出来了，譬如尿裤子之类，我在等那天到来。

我妈告诉我一件真事，说她家乡有个七十多岁老头坐街沿上哭，别人问他怎么啦，他说，我爹早上打我——他爹九十多岁啦。

中国许多成人、老人，内心从未走出婴儿期，骄横而幼稚，动辄发脾气、摔东西、出口伤人，坚持一辈子不肯成熟。他们因此受苦，更使人受苦——孩子气的意思，不是要你像个孩子。

你有时候言辞犀利，桀骜不驯，态度却是谦和的。

为什么言辞犀利、桀骜不驯的"人"，就不该"谦和"？我的言辞并不"犀利"，我常顾左右而言他。我也并非"桀骜"，而是偏于"驯"：哪些话别说，哪个时刻得乖，我知道。

最近的微博上有大量青少年殴打、凌辱同龄人的视频，这些残暴的、丑的东西是怎么来的？人性本恶？

重要的不是殴打，而是有了视频，所以大家"看见了"。没有传播，百分之九十九人类干的事，等于没干。

就像误会国画家是白胡子老头一样，懂美感而不打架，也是误会。十六世纪意大利画家卡拉瓦乔经常寻衅打架，不止一次上法庭。三十多岁弄出人命，然后逃亡，途中得热病死了。因为懂打架，他画的鞭打基督，杀头的画面，最真实。

印象派老大马奈，算得是巴黎君子，夜里和人咖啡馆辩论，还出去决斗，两人不会弄剑，结果把长剑打成跟螺丝起子似的。萨特，哲学家，回忆录里写他上小学时，每天经过别的街区口，立刻和第一个瞧见的男孩打成一团。

这类肢体把戏，我小时候每个上午、下午和晚上，都在上演。我们不记得有哪天脚上头上没有伤，梁文道小时候也打架，现在还留着伤，你去问他。

前现代、半现代社会，男孩打架，司空见惯。真的恶，是欺负人。你说的视频如果是欺负人，那很糟，办法只有一个：狠狠揍他！美感根本无用（我小时候班上会打架的几个男孩，都蛮英俊），警察出面也无用（我们那会儿真会打的主儿，和警察好着呢），只一招：他怕比他狠的人。

和以前相比，您是更愿意对社会事件发表看法还是更疏离了？

我不太知道"社会"发生了什么"事件"，多数是别人告诉我的。《局部》没有社会，没有事件，只是绘画。熟悉我的观众觉得我变乖了。是的。

您说，"有意思的话题我仍然会发言"。哪些领域或者说什么类型、具有怎样意义的事件是您愿意发言的？

那是婉拒采访的托词嘛。没有哪个领域和事件是有意思的。如果你善用语言，某个领域，某件事，或许"有意思"起来。

当今社会，真诚和信任两个词如何理解？

好纯啊，这问题倒有点孩子气，恭喜你！

有评论说："陈丹青很有修养和见识，他自己曾经说过'亚洲文化都是盗版文化'"，您对于如今亚洲文化的总体看法是什么？

盗版也是一种文化，一种能量。中国人勤快，智商高，玩起盗版，其他亚洲国家未必玩得过我们。不过有些事，很重大的事，我们要是也来诚心诚意玩盗版就好啦。

去年底，本报采访戴锦华女士时，她提出了一个看法被广泛关注——文化表象里历史坍塌。您认为呢？

早就"坍塌"了吧。在我十八岁前就塌了。后来仿佛立起来，眼下又塌了？

没关系的。有些事物，譬如手机，我十八岁时哪有啊。大厦健在，或者塌了，只要人手一枚手机，世面就能混下去——蛮壮观的。想象一下吧：坍塌后的瓦砾堆上，成千上万的人在看手机！

眼下《局部》已拍摄了十集，年轻人告诉我，他们都是在手机上看的。

2015 年

好的艺术可以永远谈下去

《生活》杂志访谈

记得 2015 年《局部》上线后，前几集时明显感觉到了你的紧张。

对，前段时间在美国大都会艺术博物馆拍摄第二季，我还是紧张。大家误以为我经常上媒体，应该很从容，但这是我第一次单独对着镜头讲话。后面几集似乎没那么紧张，是因为多少知道怎样装得不紧张，其实呢，没有一集不紧张的。

另一个感觉是，你在《局部》里清晰地传达了你的喜好、观点，比如关注艺术家的早期作品、有意游离于正统美术史之外。但作为观众，我对于你本人的个性是比较模糊的。

做节目不是展现个性，但你说出了蛮有意思的问题：做视频其实就是表演，对我来讲是蛮暧昧的，我跟人聊天、上课、出席论坛之类，不是这样讲话的。

大家看出来我不按正统美术史讲述，但它仍然是严肃的节目，每集的意思蛮深的，但要讲得浅些，观众能听下去，所以做文案时，用词，语气，尽量通俗有趣，但不能把美术史拉低，变成戏说，这是我的底线。

如果说《局部》有特点，就是我介绍了大家不太熟悉的艺术家、不太知道的作品，这是我长久的意图，也可以说是野心。名画被过度谈论，眼界还应该打开，还有太多好作品。

看画是内心活动，我为什么会被一幅画感动，不可能表达，但有一天你忽然抬起头来对公众讲述自己的感受，就变成语言问题，你会发现，无法表达的，仍然无法表达，你只能提供语言。人无法完全接受另一个人的内心感受，但语言好，人会接受你的语言，语言会让人唤醒自己的感受。

在每一集，你常常先讲别的事、别的人，再兜回主角。

《三言二拍》就这么做：先虚晃一枪，讲个小故事，然后进入正题，好像你进了正院，走着走着，发现里边还有院子，迷了路，但被好奇引领。一切讲述都是语言骗局，让你掉进去，走下去。好的视频应该是讲故事的能力。

你在最后一集谈到杜尚时，说了这句话"我从没有弄懂过我喜欢的任何一位艺术家，更何况杜尚"。

这是实话，是真问题。我不满足已知的理论，不信任答案，无论它是别人的还是自己的。所有答案背后一定还有什么没被说出来，没被理解，好的艺术可以永远谈下去的。

2017 年

多看，不要多想

特别多人喜欢您，希望您站出来发声，给公众另一种声音听，给这个不甚完美的社会一点颜色看。想请问陈老师，您是如何处理自身私念跟社会公众的期待、需求之间的矛盾的？

我不是公务员，不考虑"公众"。我在乎读者，做了视频后，在乎观众。但我不知道他们在哪里，他们是谁。近年只做两件事，一是关于木心纪念馆、美术馆。二是和"理想国"合作，《局部》就是"理想国"要我做的。其他事几乎都谢绝了。

您说艺术家往往都是天才，很小就体现出超群的才华。我在看《局部》时听到一句话很有感触："人在苦难中才更像一个人。"有没有艺术家从一个普通人，饱经风霜后升华为一个艺术家的？

普通人—饱经风霜—艺术家。万万分之一。

您做《局部》的初衷是像木心先生一样授课吗？如果是，那我这四体不勤的，您也有教无类，还不花钱，太幸福了。

哪有授课的意思。除了画画，我做的所有事都是别人叫我做的，包括《局部》。

欧洲一直有肖像画传统，而中国画中的人物面部大都只是线条，您觉得这是否和欧洲人的脸立体感强（高鼻梁，深眼窝）、更适合绘画表现有关？

洋人脸有凹凸，中国脸扁平，这是上帝干的事，我没办法。

说到艺术中对待死亡的问题，我觉得根源在于：西方文化多出自《圣经》，中国在儒家孔子。《圣经》内容又多是犹太人的苦难史、耶稣的死亡与复活；儒家讲求修齐治平，孔子曾言"子不语怪力乱神"。我觉得是这一点决定了西方绘画多死亡、尸体，而中国绘画则不是。不知道老师您是否认同？

你说的都是理论话。我做《局部》的意思，是要你多看，不要多想。

关于死亡，我上次被震撼到是看大足石刻群的地狱仙界，多少有宗教的色彩，但大足石刻之所以震撼我，因为它是儒释道三个宗教融合的作品，对于死亡的思考更为宏大。您怎样认为呢？

1995年我去过云冈，一秒钟也没想过这是儒释道还是死亡的思考，就是看。看到那么宏大的雕刻，脑子是空白的。

我对《流民图》的内容有点不同意见。画中是蒋先生的情怀，他是真实的流民吗？他们果真相亲相爱吗？会不会易子而食，仰天怒骂，为了自己活，不顾他人？如果一个人受这幅画情怀去帮助流民，一定会被击得粉碎。这幅画是不是有对灾难中人的美化？

料不到你这样想《流民图》,大有深意,甚至,很黑暗。因为你说："如果一个人受这幅画情怀去帮助流民,一定会被击得粉碎。"你知道吗？你在用今天人跟人的关系,人对人的冷漠、势利,去想1937年的中国。我几乎无法反驳你。

今天年纪小小的观众会这样子看《流民图》,你的感慨与《流民图》没关系,和今天的问题和价值观有关系。你不说,我万万想不到。谢谢你！

《初习的作品》提到的问题,我觉得是因为现在美术高考老师为考试而教授方法,学生为考试而学。但是梵高是为了画才画的,动机和阅历是关键,老师认为呢？

梵高阅历太少,三十八岁就死了。我的阅历是梵高的很多倍,可是休想画出他初学时的画。

枯燥的美术史怎么才能延伸到欣赏？如何提升自己的欣赏水准？一幅画该怎么赏析,是多从技术细节,还是整体意图,可否提供一下您专业的赏析角度？

看来《局部》白做了。我自以为在处处告诉你如何看画，结果呢——"延伸""欣赏""提升""技术细节""整体意图""赏析角度"——天哪，我宁可不识字。

2015 年

有几百个人看就很好了

《澎湃新闻》采访

是什么机缘推动您着手做《局部》？

"理想国"十年前就要我写写世界名画，说是中国缺乏通俗美术类读物，史论书又太多，大众进不了门槛。我那时正闹辞职，讲起教育心里就烦，不肯做。

去年，"理想国"担心未来读书的人会少，所以视频传播要跟上来，就请梁文道策划这档节目，我被分配谈画，题目《局部》就是梁文道起的。我只会跟人聊天，单独讲不行，但因为都是"理想国"的老作者，我一个人拒绝，说不过去，赶鸭子上架，就同意做了。

两期《局部》播出后反响很好，您感觉如何？节目的点击量基本超过了其他同类型文化类的节目。

脱口秀就是脱口秀，但我在念稿子，效果太差，像在作报告，看了头两集样片，好害臊。我要是个观众，看到哪位李丹青坐那儿装，第一反应就是嘲笑。

点击量很恐怖。当年伏尔泰流放在外，给赦免了，回国时，陪同的大臣对他说："怎么样，巴黎万人空巷来看你！"伏尔泰说："我上断头台他们也会来的。"上个礼拜他们告诉我点击量，我就想起这事。当然，我岂敢是伏尔泰——点击量让我看到好多人，"文革"时批斗会都是一大片人，瞧着害怕。我原想有个几百人看就很好了。

您一直在强调自己做得不好，是否过分谦虚了？

为什么要谦虚？我看过七八十年代英美艺术类脱口秀，那才叫好，深入浅出，大视野，看得我一惊一乍。国内我最佩服高晓松，天生的脱口秀人才。那是真的脱口秀，讲什么我都爱听，他讲"文革"时他杭州的叔叔在山西插队那段，我不断流泪。

现在大家要看《局部》，我不大知道确切原因。可能好节目太少吧，所以观众原谅我。

除了在《纽约琐记》写过系列回顾展散文，我没有任何经验，更没读过美术史。我比较抗拒做视频，很烦，十来个人闯进画室，布灯光要好几个小时，然后坐那儿干讲。

《局部》已经播出了两集，虽然一集时间不足二十分钟，但信息量大，内容跳跃性也较大，第一集从王希孟的《千里江山图》说到给皇帝画画的委拉斯贵支；第二集从《死亡的胜利》聊到中国北魏的壁画。也有观众表示，看得不过瘾，节目就结束了。

我不是学者，开口乱讲。我随时肯定自己的胡思乱想。小时候教室里上课，有谁不在胡思乱想？我能做的就是打开观众的兴趣，等于挠痒痒。千万不要把节目当知识课、美学课，人是语言动物，人在聊天时证明自己是个人。别把美术看得太高深，艺术让人活得更有意思，就是这样。

节目的受众群体是谁？专业绘画领域的人？还是普罗大众？

美术史专家可能会对这个节目有意见，学者是知识警察，喜欢纠错，我的谈论充满红绿灯。但艺术就是犯错、试错，好的艺术根本就是闯祸。我可没想到美术界，我假定的观众是所有对绘画好奇的人，不管是谁。

我要是现在还在农村落户，有个手机，会期待视频节目。但千万不要相信我的观点。我试着让你知道，世界上除了名画，还有许许多多有意思的画。如果大家说，是啊，是很有趣，我就很高兴。但其中牵涉的知识、观点，千万不要当真，不过是"有此一说"。

您在节目中提到许多次孩子气、元气淋漓、十八岁的成就，您想传递的是什么？

想传递我对今日年轻人的失望和同情。

不少观众表示跟着您的节目去学习、了解绘画知识。

扔掉那些知识吧！艺术史资料，网上都有啊，某某画家哪年生、哪年死……那是档案，记那些干什么？等到你果真爱上哪位艺术家，你自己会关心他哪年生的，怎么死的。

"审美"不是教出来的。你去看看婴儿的眼睛，他什么都不知道，可是拼命盯着你看，而且眼神里还是不明白……没有比这更伟大的瞬间。

我其实都在讲"观看"。手机视频，那不叫看画，那是看彩色斑点，真要看画你得站在那幅画跟前。

好画是活的，好画就是教科书。

《局部》是不是效仿木心先生当年的文学史讲课，在评画间渗透您对人、事、物的见解？

才不是。我哪里及得上木心的见解和读书量。再者，木心给我们上课，十几个人，小范围，不让拍照、不录音，完全是"私房话"。视频是现代高科技传播，眼下大家无聊，这套节目试图弄得有聊一点。当然，我不知道大家究竟觉得怎样，我只管做。

2015 年

艺术是讲不完的

《南方人物周刊》蒯乐昊采访、撰稿

陈丹青在 1999 年写就、2007 年修订再版的《纽约琐记》，是他诸多艺术随笔中分量颇重的一本，似乎也可视为他在 2017 年进入美国大都会艺术博物馆拍摄《局部》第二季的母本。观点、细节、感受、态度，早已线索宛然。

修订版《纽约琐记》收纳了大量图片，几乎所有图片说明后都跟了一个括弧：（局部）。"理想国"推出"看理想"系列视频节目，总策划梁文道就以"局部"二字给节目命了题。陈丹青毫无异议地接受了这个名字，虽然他的讲述跟任何一幅名画的局部都没有关系。

作为文化脱口秀，《局部》第一季在优酷的播出成绩不俗，总播放数 2700 万以上，评分 7.9，《局部》第二季目前显示的总播放数已经突破了 5000 万，评分为 8，豆瓣评分更是一度高达 9.6，单集播放数量在 300 万以上，成为文化类节目中的翘楚。有些艺术院校，老师甚至把《局部》作为课堂教学片，要求学生每集观看并写心得体会。

陈丹青艳羡高晓松、罗振宇的本事，开口就是段子，段子里还有知识，有时包着情怀。高晓松讲他叔叔的人生境遇，老陈听了直流泪。高、罗二人，是他心目中中国脱口秀的明星，他"自愧不如"。他说，"我只会念稿子。"

陈丹青的讲述是另外一路，斯文、晓畅，话里有话，点到即止。讲稿虽平易，也处处反复推敲。

他越来越深刻的感受到，《局部》并不仅仅是他的作品，那也是导演谢梦茜的作品，是新媒体工业生产线的作品。在世界杯热播期间，他那完全与足球风马牛不相及的艺术节目，也被"蹭热点"地赋予了世界杯式的小标题：《法国普桑"转会"意大利，只为追梦》《风俗画家维米尔的"边路突破"》，这就是典型的新媒体传播心理学。

谢梦茜本是纪录片导演，哥伦比亚大学学成归国，之前从来没有做过跟绘画有关的节目，但是在跟陈丹青合作的过程中很快摸索出了更为合理的镜头语言。

陈丹青设想中的受众，是并无艺术史知识基础的普通人，他把《局部》的第一要旨定为"娱乐"。虽然这是一部相当严肃的文化节目，并无"戏说"的痕迹。在浅显易懂的表述之后，是大量开放性的深意，随处是启发式的指指点点。这些不同层次的意思，各自等待着有心的解人。

他的讲述消除线性逻辑，却织出一张更大的时间网，纵横发散，例子随手拈来，跨文化、跨地域。比如他替俄罗斯短暂的油画史抱屈，他会在同时间维度对比美国同样短暂的油画史，在相似的社会功能中对比中国人物群像的表现形式。这是一种更宏大的观照，来自美学，又超越了美学。

做电视节目，陈丹青都是录完结束，自己甚少回看。但是从第二季的《局部》开始，他才知道原来世界上还有一种叫做弹幕的东西，就在他慢条斯理的讲述同时，一行行字飞出来，多到把他的脸都挡住。那是观众最即时的反应。

"我 2005 年开过博客，我才发现世界上有留言这件事情，弹幕比留言更延伸了，更方便了。比方说卡拉瓦乔那一集，画中人拎着一个头，那个头画的就是卡拉瓦乔自己，弹幕上有一句话脱口而出，'这头好像还活着一样'。这句话太好了，我都没想到。这是把他当一个人来看，不是当一个割下来的首级来看，这是诗人作家都想不出来的一句话，而且这句话一定要配上那个画面才对，我喜欢这种互动。"

另外一种互动是挑刺。比如《千里江山图》，就引起不少商榷，有美术史家撰文给出反对意见：第一，王希孟是不是姓王都有问题，其次，《千里江山图》未必就是王希孟一个人画的，很可能是当时宫廷画院的集体创作。

对于质疑、校正、批评，老陈全盘接受。"几百年、上千年之前的事情，大致是'有此一说，姑妄听之'。我从来不说我这是对的版本，如果你不认同，把你的观点说出来，这是最好的办法。"

他一再说自己并不是知识的行家，在节目里不时念别字，有时会有聪明的读者出来指正，有时候，节目组就直接用字幕标注正确读音，坦荡荡地告诉读者，他错了。

艺术没有标准答案，自来艺术史公案多。但老陈诚恳，天生得体的分寸感，加上多年被人评说之后习得的经验，他懂得让言说留有回旋余地，保持优雅的精准。或一分为二，或自陈其短。

谨慎如此，他的有些言论还是搅动了美术界的神经。比如他在节目中屡次提起绘画的终结，认为画画的时代已经过去了，招致美术圈许多反对的声音。

"我相信不少学院画家对我反感的，是我不断叫大家不要画画。他们愤怒我一直在贬低绘画在今天的作用。其实以我的身份来讲这件事情再合适不过，因为我一直在画传统的绘画。但现在真的不是绘画的世纪。我攻击的不是绘画，而是艺术教育，学院教育过度培养画家，而且用过时的方式培养。我说现在是谈论绘画最好的时候，而不是画画本身。这句话大家没有太明白，有点意气用事，可能我也有点意气用事。因为我毕生在画画，我完全把绘画当作自己的私事，几乎是美术界之外的人。"

"为什么这个家伙一辈子在画画，这么爱画画，可是他不断地在说不要再画画？"

陈丹青再次自问，但并不自答。

从2007年开始，你好像有意识不接受媒体的采访了，除了做《锵锵三人行》，在《中国国家地理》上写点游记，在媒体上抛头露面比较少，直到"看理想"的《圆桌派》和《局部》。

辞职那年，媒体炒得有点过了，之后老是被找去谈各种话题，渐渐发现媒体不对劲，逐步减少，学乖了。《锵锵三人行》和你说的社会活动，其实去得很少。比如《锵锵三人行》，每年只被叫去一个下午，一次录三四集，播出后，大家会觉得老在电视上看到你，其实只是一个下午。

人们通常有个误解，觉得老陈现在是文化名人，主要精力就是在做电视节目、写书，但实际上你一直没有中断画画。

对，一直在画。尺寸很大，一辈子没画过这么大，都没地方存放。但这是私事，为什么要让人知道我在画画？

你一定要画人，是吧？

对。不知道为什么。我很喜欢风景画，可是不会画。在野外画风景太累了，年轻时错过了，现在老了，没精力，支个凳子，一摊家伙摊开来，对着景物折腾大半天，不太可能了。

你是在画画上死磕的人吗？会尽量追求极限吗？

才不死磕！死磕说明你没本事，没才能。追求完美呀，坚守价值呀，都是屁话。莫扎特没这回事，梵高没这回事，他们是天纵奇才。当然，他们绝对勤奋，勤奋不是死磕。

如果死磕是指高要求、高强度的工作，我不太有这素质，我靠感觉画画，才气大约用到了，就算了，不强求的。

我为什么会问这个？因为我屡次听见其他画家评价

你，说陈丹青吃亏就吃亏在口才太好，你有其他的本领，如果你没有其他的本领，你就会在画画上死磕，可能会画得更好。

你只要开始画，每一笔都是机会，也是灾难。如果你足够诚实，你不会回避，也回避不了，那是分内事，不叫做死磕。

我所以做其他杂事，说来你可能不太相信，就是：我对自己无所谓。我酷爱画画，但不想咬牙追求大成就。成名早，虚荣关过得早。回国后更是无可无不可，别的事来了，就做别的事，一年半载不画画，无所谓，画没出路，也无所谓。我心里那么多大师，他们多苦啊，我算什么？我不在乎自己。画得更好又怎样？怎样叫做更好？

你看《局部》，会看出我是功利的人，还是爱艺术的傻子。

你刚到美国留学时，有个教授说：你们中国人都很会画图（picture），但那不是绘画（painting）。这事对你触动很大。"会画图"和"会画画"有什么区别吗？

太有区别了，极端的例子就是梵高和塞尚，这两哥们儿都不太会画图，一块画布画三四个人，就很吃力。可是善画图的人一幅画面挤个上百人，没问题，你看画《乾隆南巡图》的徐扬，就是一流图家，图家在中国是被贬的。

梵高的魅力不是图，而他的用笔、滋味、浓度，那种憨拙，让他的画迷人，而不是"图"。你去看德加，德加就是一个"图家"。

中国词语通常两个字各有意义，我们随口就讲过去了。"精"和"神"，"力"和"气"，"图"和"画"，都是两件事。多数古代画家同时是一流的"图家"和"画家"，现代艺术重视"画"，贬低"图"。这就是为什么老百姓不愿看现代艺术，因为老百姓喜欢看图，图是可辨认的。画呢，你笔触再好，颜料再猛，看不懂啊。

十九世纪沙龙画很多都是好图家，连米勒也是。我过去迷恋米勒，其实是喜欢他的图。看到原作后，发现他的"画"魅力有限。还有很多例子，比如马奈，彻头彻尾的画家，他不太会构图，《草地上的午餐》的构图是抄来的，他懒得构图。我最早画的是连环画，算是画图出身，知青画家都是画图出身，我们当时根本不知道能不能成为油画家。

文艺复兴壁画让我处处惊讶：他们个个是超一流的图家，超一流的画家。敦煌画工也如此，个个是无可企及的图家和画家。元明以后的文人画、十九世纪晚期的后印象派和后来的现代主义，开始抬高画意，贬低图家。

我对你以知青时代的知识体系、苏派写实主义的绘画训练，去对接西洋体系这一段很感兴趣，那似乎是中国一代艺术家所面临的共同命题。

"文革"结束后讯息进来了，所有画家自卑，怕落后，拼命想要现代，当时对所谓"现代绘画"的认识非常肤浅，学点后印象派的点彩、学点毕加索的变形、学点莫迪里阿尼的拉长的线条⋯⋯都想求新。可是我往回走。我觉得"文革"前中国式的苏派油画没有对接十九世纪，对十七、十八世纪更不了解。

1985 年现代艺术开始了，仅仅五年，跨越了西方大概一两百年的无数实践。我起先侧目，不认同，但在纽约渐渐明白了，我们系统地去学、去对接，根本不可能。好比中国的体系，魏晋唐宋一路下来，日本人、印度人、欧洲人来学，休想！我越来越认可中国这种无序的"拿来主义"，那是无可选择的选择。每个画家像押赌一样，你押在二战以后，他押在九十年代⋯⋯无序，没有上下文，但他抓住了某个点，灌注了自己的感受，弄出意想不到的作品。

你看，我讲的是传统艺术，古典艺术，但我内心认同中国当代艺术。别来谈本土当代艺术的独创，根本没有，每个人背后都有参照点、剽窃点，直白地说，就是盗版。问题是：他为什么参照他？又怎样剽窃？他以自己的理由，本土的理由去做。这个理由，西方人完全不知道，作者自己可能也不知道。这种"乱点鸳鸯谱"很有意思，出现非常奇怪的婚配、胎变、怪种，这是本土当代艺术的珍贵果实。

我的个人趣味仍然偏于传统，纽约的现代、当代艺术看得实在太多了，看腻了，中古、上古的艺术反而显得新颖。《局部》是对公众讲述，先铺个底子，"从前"如何如何，慢慢儿聊。

有些观众会诟病《局部》里面"知识点太少"。

眼睛还没睁开，长什么知识？《局部》设置的看点，藏露之间，根本不在知识。可是弹幕频频出现"涨知识"三个字，占了便宜似的，无非是"知识至上"的实用观拿来套艺术。艺术不是知识，不靠知识，上古画家半数是文盲。眼下视频满天飞，我讨厌"知识付费"的说法——考试还没考够吗？

信息时代的知识供应，其实廉价。什么是"知"、什么是"识"、什么叫做"点"？当我选择委拉斯贵支不知名的草稿，选择易县罗汉而不选晋唐佛头，或者，从《胡笳十八拍》扯到连续剧，从绘画的草图扯到交响乐队排练……种种这些"点"，"知识"，哥们儿明白吗？

我写文案不翻书，遇到不确定的名姓、年代、国别等资料性问题，就请团队查找。《药师图》怎么卖出去，易县罗汉怎么流落海外，手机上一查就是——我看那幅大壁画上百回，直到这次讲《局部》才知道题目叫做《药师经变图》——我进美术馆从不看说明书。看一幅画，知识帮不了我。

史论著作布满知识，我看了就忘。"五四"以来有几个大知识分子懂得观看？好的史论译著，我愿意读，孔子说的"学而不思则罔，思而不学则殆"，我很在乎。但我不卖知识。《局部》的潜在目的是：我希望年轻人适度珍惜"无知"，适度无知，感官、天性、思路，才会打开，打开了，艺术于是有希望，有可能。

在你读艺术史论的时候，会不会有那种不过瘾的感觉？或者不公正的感觉？你节目里面讲到很多所谓"次要的作品"，这些作品，常常是被主流美术史视而不见或有意忽略的。

《局部》的隐衷之一，就是我对史论不满意，他们挠不到痛痒。

你说因为史论家们大多不画画，而你是画画的人——当然这可能是你谦虚的说法。

这可不是谦虚，很骄傲的话呀。

那反过来问，如果是一个同样也画画的人写的艺术史，你还会觉得不过瘾吗？比如大卫·霍克尼的《图像史》。他起码是画画的人，画得好坏另说。

霍克尼写的不是史论，虽然他有足够的史论知识——我也有呀。懂点史论不值得惊讶，不是了不起的事——我喜欢看霍克尼议论，他超越了史论。画家的认知处处来自观看。霍克尼跟约翰·伯格比，伯格比他高，也画画，业余水准，但要论挠痛痒，远不及大卫·霍克尼。霍克尼也有不少问题，譬如技术主义，譬如对绘画的片面乐观，对当代艺术的隔阂，等等。如果能见到他，我会和他辩难，而且是站在史论家立场辩难。

你会在《局部》里刻意回避所谓正统美术史。

《局部》不能比照趋附BBC。那是大团队、大制作，我是个体画家，"看理想"是小本经营，我试以一孔之见、一己心得，聊聊天，照列维·斯特劳斯的说法，在美学领域"偷打几枪"，如此而已。但我的凭据全是美术馆典藏，典藏背后全是"正统美术史"，不能乱来的。

但《局部》的话语策略是不彰显美术史，那会把听众吓跑的。

就我所知，中国影像作品还没拍过"正统美术史"，博物馆纪录片则弄成殿堂式的，高高在上，而殿堂的感觉并没出来，反而被架空了。殿堂的真魅力是笼罩你，吸纳你，成为你内心的空间。他们营造的殿堂把你挡住、推开，弄得像朝廷。

必须要找到一种语言，"不讲美术史，但是又进入美术史。"这可行吗？

当你开口谈世界上任何一个艺术家，任何一件作品，你已经进入美术史，必须有根有据，不可能绕开，不作兴乱讲。但学问有套话，我不讲套话，不用术语。至于是否可行，我不知道。《局部》的观众都嫌两季太短了，说明还想听，没听够。

美术史和所有历史一样，可以当故事讲，事情还是那些事情，年代还是那些年代，人物还是那么几个，一切看你怎么讲。《局部》的讲述之道，是把美术史散文化、故事化，里面藏的还是美术史。

第二季题头有句自述很动人，说你没有上过高中、大学，大都会美术馆就是你的大学，至今你还没毕业。

这是实话。我除了识几个字，没有课堂的、课本的、学校的教育。"文革"后上了两年美院研究生，只是画画，不记得有任何"文化课"——"文化课""知识点"，是没文化的人才会想出来的馊词。

我乱读书，在美术史文本中难以获得的感应，博物馆给了我。它的各馆位置已经准确划分了线性和区域。从这个馆走到那个馆，其实是从这个世纪走到那个世纪，从这个半球走到那个半球。走熟了，各世纪各地域的关系，全出来了，了然在眼，了然在胸。和书本对应，同时，和书本分离，成为你自己下载的内心文档。你一看，就知道这是十七世纪上半还是下半；是北欧还是南欧；是南宋还是明早期……在美术馆，没有什么比作品更雄辩。

我还是感谢历代美术史家，他们是账房先生，每笔账都归了档，方便你查。问题是，你对着表格还是对着画查，太不一样了。

按说你是画油画的，油画史上那么多名画，但是你刚接手《局部》这个活儿，脑子里第一个跳出来想讲的就是中国古画《千里江山图》，为什么？

不知道为什么。我最先想到了它。

我决定一件事很快，但操作一件事有点慢，讲完《千里江山图》，第二集讲什么，几乎一两个月想不出来。第二集讲完了，第三集讲什么，又想了很久——美术史水太深，林子太大——之后才慢慢顺了。我不会打腹稿，凡事跟着感觉走。画画也这样：千万不要预想这幅画是什么样子，你只能有个大概想象，之后，不是你带着画走，是让画把你带走。

一上来就决定讲《千里江山图》，讲王希孟和他的十八岁，讲他的前无古人、后无来者，打动你的是这种青春性吗？文化上的青春性。

不是关注青春性，这个词太浪漫了。重要的不是岁数，而是我们今天知道的所有世界名画，几乎都是年轻人弄的。相当年轻！我们对国画家有种错得离谱的概念，认为大师都是白胡子老头——这话题有谁说过吗？

可是确实有大器晚成的国画家，老了还画得很好，可以举出很多例子来。

许多成语是风凉话，我不信的。木心讲过，所谓大器晚成，他前面都厉害着呢。大器晚成给你荒谬的信息，就是我一直做下去，会做得更好，大错！

我提请年轻艺术家注意，你现在可能正在画出你一辈子最好的画，以后休想画得像此刻这么好。未来你可能会有别种好法，但是你今年的这种好法、今天的这种好法，再不会有了，过去了就过去了。

这涉及另一个概念，就是技术和本领是累积的、传递的：大错特错。伦勃朗死了，他那种好就被他带走了，再也没了。古希腊人、古罗马人的雕刻，好到那个程度，然而进入公元四世纪，欧洲人几乎不会雕刻了。过了上千年，米开朗琪罗起来，有了所谓复兴，还是无法超越古希腊。技术活儿绝对不是累积递进、可传授可延续的，最佳艺术都是一次性。

很简单，这个人死了，他这一整套就没了。你休想学得，他也无法教你。梵高、塞尚，启示很多人，但塞尚只有一个，梵高只有一个，没有了就没有了。

在药师经变和义县罗汉那两集里面你也讲到，中国雕刻曾经有过那样一个高峰，现在完全不可追寻。

不是吗？秦始皇兵马俑那一套完全失落了，绝迹了，此后两千年中国再也没出过兵马俑那种造型和气度，虽然出了别的艺术、别的境界，但兵马俑再也没有了，此前没有，此后也没有。

这样说来，作为一个老画家会比较绝望吧？

老画家前面就是坟墓。我认同阿多诺那句话："晚年作品是一场灾难。"很少很少有几个画家晚年忽然超凡入圣，很少很少。戈雅是个例子，齐白石是个例子。董其昌不少工整的卷子，居然是七十岁前后画的，但这样的例子极度稀少。

现在这么多艺术史博士不知在干吗，能不能做个朴素透顶的统计表，别写论文、别讲道理，选一百张公认的世界名画，列出作者几岁画的。你会发现 60% 到 70% 以上都是在二三十岁画的，顶多到四十岁为止，这会很有说服力。我看展览喜欢查阅作者年龄，这个人什么岁数画了这幅画，我非常在乎。

那么，你，作为一个老画家，你觉得你这辈子最好的作品已经画出来，并且再也不能达到这样的高度了吗？

希望我没在说胡话：我四十岁时画出另一种好，六十岁后又画出另一种好。谢谢上帝。我似乎没衰退，但我在变化。

当然，我再也画不出《西藏组画》。如果那些小画没被抬举，它仍然是我二十来岁时最好的画。问题是它被过度议论，绑在那个位置上，被人拿了轮番揍我：看，你画不过《西藏组画》了。有一次我给问急了，回嘴说：是啊，我画不出来，因为已经画出来了。

可是比比《局部》里出场的家伙，《西藏组画》算个屁啊。

你在不同场合多次表达过，叹服梵高的"憨"，美慕刘小东野犊子一般的"生"。相形之下，你说自己画画一出手就对、就准确、纯熟，反倒是缺点。你在等待一个荒率的老年的到来，也许眼力不济、体力不支，反而能纠正你这种纯熟。现在这样的老年有苗头了吗？

会有点。目力不行了，七十多岁后这个过程会加速。我现在明白为什么西洋那些老画家越画尺寸越大。小画、中画，必须是四十岁以前，聚精会神，跟钟表匠一样，在1厘米方寸内干几个钟头、几天、几个月，抠无数细节。我现在不行了。你得给我一个大盘子，我才能清楚看到每一笔。

最怕色盲。老了，眼球发生变化，色盲迟早会来。眼下只要不画砸，我就很高兴，画得好是上帝帮忙，画砸了，怨我自己。

画砸的概率现在有吗？

当然有！前天刚画砸一幅，我就放平画布，倒上松节油，统统抹掉，你知道吗，毁一幅画特别开心。过去十来年被我干掉的画可能至少二十幅吧。

我也很少看展览了。青年中年，报复性地看，看太多了。人到晚年，剩下一辈子攒的信息，信息最后会变成你。

我不再像年轻时那样探头探脑，看看外面发生什么。晚年就是一大包记忆，被消化，正在消化……善用剩余的光阴，老年得为自己着想了。

《局部》会一直做下去吗？

希望会吧。话题是讲不完的。两季《局部》三十二集全部可以重讲一遍：《千里江山图》给你另一个讲法，梵高、杜尚、卡帕奇奥，都给你另一个讲法……艺术是讲不完的。

但做下去得有钱，优酷2014年底批（给"看理想"视频项目整体）的4000万用完了。我只拿一点点象征性的酬劳，钱要省下来支撑整个视频团队和拍摄成本。从第一季开始就不断有广告商来，要求坐他们的车、戴他们的眼镜，我统统答应，但全部落空。他们是对的。相比海量娱乐节目，《局部》点击量不算什么，他们最后一分钟都撤了，我们至今没有一分钱赞助。

如果能有第三季，会去哪里拍摄呢？

意大利。我们根本不了解所谓文艺复兴，或者说，大规模误解了。90%的意大利壁画看都没看过,还在昏睡中,如果《局部》有第三季,我看看能不能让大家醒过来。

整理 / 蒯乐昊

无知，最珍贵的状态

放映结束，灯光亮起，陈丹青与导演谢梦茜从大屏幕侧边走向全场观众。2020 年最后一个月，也是理想家文化沙龙第一场，陈丹青和现场三百多位"理想家"一起，看完了《局部》特集《线条的盛宴》。他说，在网络海洋里，《局部》很小众，"只有一小群人喜欢，所以你们坐在这里，很珍贵"。这场分享会被陈丹青定名为"艺术的深浅"。以下是发言。

当我遇到各种观众，他们都会说：我是学理工的、做银行的、做保健的，是家庭妇女……意思是说，我不懂画，我是门外汉。

我非常沮丧。为什么大家在艺术面前这么自卑？

你觉得艺术学问很大？难以理解？我反对，它是社会权力长期塑造的结果。音乐和绘画被称为"专业"，作者被称为"专家"，所有艺术变成高不可测的门墙——"我不懂、我能进去吗？"

太荒谬了。我要竭力打破它，所以做了《局部》。《局部》也是我的成长过程。我从完全无知的状态，慢慢变成画家，变成斗胆讲《局部》的家伙。

我十四岁时，1967年，全国出现画毛主席像的风潮。我被送到中学去，得到机会画毛主席像，就像意大利工匠那样，跟着中学美术老师给农村的灶头、场院、巷子、广场，画了一百多张毛主席像，最大的比这个电影银幕还要大。

那时我没看过一本画册，更没读过美术史。美术学院、书店，全部关闭，你不能想象那个时代。可是我非常开心，因为才十四岁，居然弄到一堆颜料，到处画。那是我最早接触油画的经历，浅到不能再浅。

那个时代书太少了，傅雷先生翻译法国人丹纳的《艺术哲学》，根本借不到，在朋友家翻了翻，看到里面伦勃朗的画、提香的画、拉斐尔的画，黑白照片，模糊得很。但西方艺术就这样子在我面前打开了。

十多年后上了美院，1979年去敦煌考察，从此领教中国古典绘画。那年我二十六岁，此前没看过一个国画展览。

除了革命国画，唐宋元明清画展一个都没看过，能想象吗？

今天一个二十六岁的青年如果喜欢看画，可以在北京看到无数展览、无数原作，但那时的匮乏一点不妨碍我爱艺术、学艺术。我最重要的创作二十三岁画出来，那时，我比二十六岁去敦煌时还要无知。我不是在谦虚，不是在隐瞒艺术的秘密。那个年代，不只我一个人，数百万下放工厂、农村的初中生、高中生，只要渴望艺术的孩子，零零碎碎读点俄罗斯文学，看到一本半本旧画册，如饥似渴，存到心里，野心勃勃弄创作，最后居然变成艺术家。

我们都是从很浅的、几乎无知的状态出发，慢慢变成后来的那个角色。

"文革"后第一代上大学的人，非常想要"有知"，拼命看书。改革开放后，出版物恢复，文史哲，国外画册，慢慢介绍进来，我们不再无知了。

但我整个被颠覆，要到二十九岁去了纽约，走进博物馆，还看到当时正在发生的无数后现代新艺术。我一下子被打翻。此前在国内积攒的那么一点点谈不上学问的学问，那么一点点手艺，变得无所适从，完全迷失。

这个过程有多长？大约十年。拼命读书，摆脱无知，甚至斗胆写起文章来。五十多岁后，每年能游荡欧洲各国、中国各地，领教越来越多的好艺术。这时我面对一个悖论：论知识、论学问，我远远超过古希腊、古罗马、先秦、北朝的人，可是他们做的事情，现代人休想超越，这是什么道理？

我开始肯定无知的状态。十八岁的王希孟，意大利的无名工匠，画出了大家在《局部》里看到的画。我在第一季斗胆说，艺术——在兜了一大圈以后——最珍贵的是开始的状况，也就是无知的状况。你很年轻，你对世界几乎不知道，但你有敏锐的直觉、感觉、热情、生命力，你做出来的艺术，可能是你一辈子最好的艺术，跨越很多年代后，无法超越。

真的，所有上古、中古、近代的艺术，都让我发生这种感慨。

这种感慨也适用于我自己。回看我四五十年前的作品，当然幼稚，但我再也画不出《西藏组画》，更画不出十四五岁时画的那些画。不是说它们画得有多好，而是有一种东西——敏锐、激情、全神贯注，一心一意——在我变得"有知"后，慢慢减弱了。

所以我徘徊在悖论中：艺术到底是有知好，还是无知好？艺术到底要开多大的眼界，还是不怎么开眼界好？这是我自己的故事，我的问题没解决：有知和无知、看得多和看得少，到底什么更重要，什么更能够让人做出有意思的作品，我没有答案。

回到《局部》，也有"深"和"浅"的问题。观众里有无知者，有一知半解者，还有小孩子，今天来了一位六岁男孩，家长告诉我，小孩居然对着手机全程看完《局部》单集，还要重看一遍，问下一集什么时候播。

孩子懂吗？当然不懂，但他被吸引。

弹幕上常有人说"涨知识"，我讨厌这句话。我才不要教人知识，我自己都没知识。我要的是吸引你，哄骗你听下去，看下去。为什么大家愿意听我聊？为什么从头看到尾、一季一季追？我要听你们说。

我能把握的是：第一，人被图像吸引，只要图像有趣；第二，人被讲述吸引，如果讲述足够有趣；第三，假如图像、讲述，同时吸引你，你懂不懂这幅画，了不了解这幅画的历史、作者、它背后的种种文化背景，一点不重要。

这就是为什么我大胆越过书本的权威，肯定自己的认识，写《局部》文案。当然，我偷偷带入了严肃的、很深的美术史观点，但高深的史论一定要像故事般讲述，请注意：所有视频节目是语言节目，你不会讲故事，你没有语言，你一定不吸引人。

我反反复复说，大家不要给自己设限，说："我不懂"，我的问题是：你想不想懂？想不想看？你想看，你想听，比什么都重要。

我说的不是真理。我不可能说出真理。《局部》有错误，有偏见，但我提供的就是偏见。我读了不少美术史论，最后从自卑状态走出来，因为书里全是偏见，没有绝对真理。再权威的理论家、史学家，也是提供某一种偏见——非常庞大的、严密的、珍贵的偏见，然后你在张三和李四那儿又会找到别的偏见，一切偏见加起来，也许，成为一种"见"。

这个"见"有多深，有多浅，要看每个人的性格、年龄、阅读经验甚至心情，最后，你能容得下越多偏见，你就越自信。

不要设限，要像孩子一样面对艺术，这是最佳状态。上了年纪的艺术家看到年轻人，看到小孩，都会羡慕，为什么？因为老混蛋面对艺术时，多多少少失去了赤子之眼。

接着咱们就聊天吧。

我是学金融的，我发现有一些投资大师会说投资是一门艺术。由此而推，万物都可以叫艺术，说话是一门艺术，打篮球后仰跳投是一门艺术，好像各行各业做到极致、做到最后的终点就是艺术，我不知道您是怎么看待这个问题的？

说得非常好啊——吵架、战争、杀人、救人，只要做得精彩、有招法，都可以叫它艺术。烹调的艺术、打扮的艺术、吹牛的艺术、撒谎的艺术，都可以这么说。当艺术变成形容词，也就是说，只要你做得巧妙，让人目瞪口呆，回味无穷，都可以叫作艺术。

我想了一个答案，大家都说艺术得用作品说话，各行各业做到顶点的人，会觉得自己做的事情是一个作品，所以他会觉得是一门艺术，投资是一门艺术，说话是一门艺术。

杜尚回答大家，大意是"我最重视的是呼吸"，所谓艺术，重要的是你的态度，照杜尚的说法，就是呼吸，在座每个人都在呼吸。

我是一个母亲。孩子十四岁，从小喜欢画画，打算考国外的艺术学校，我们好像觉得给孩子的还不够多，还要看更多的画展，找更多的老师。但我回想自己求学的经验，那时候市面上没有英语书，我们学习靠的就是十几套从英国引进的原版的、小小的书，每人买几本轮换着读，那一年我读了我能读到的所有的哈代、狄更斯，这个阅读经验对我来说特别宝贵。但是现在我的孩子我给她推荐书，这不喜欢、那不喜欢。好像要有限的枯竭的资源才能掘到那个泉水，但是现在没办法回到过去那种什么都没有的状态。

第一，我们都拿着手机，非常有知，但两千年前的人是这样一种状态：苏格拉底说，我知道我不知道。

第二，我不断读书，每天读一点，但不求甚解。不要以为真能读懂一本书，这本书吸引你就好。

第三，我告诉你真实的事情：我正在扔书，扔掉三四百本。我变成这个角色后，不断有人送书给我，我几乎不读，今天早晨到这来前还理出二十多本，扔掉，清空书架。

我想先谢谢您和梦茜导演。《局部》第一季讲《千里江山图》，之后故宫举办了展览。我对中国书画本来完全不看的，经过这期节目和那场展览，我特别感兴趣，看了很多相关书籍，还学习书法，非常感谢您把我引领到全新的领域。您怎么看待新媒体做展览？我觉得更清晰，细节更好，但我不知道会不会有其他的损失。

要是《局部》让你从此喜欢中国书画，我太高兴了。首先我得说：《局部》传达爱国主义教育。今天我第一次讲北朝壁画，也是爱国主义教育。这是一句大话，我不喜欢大话，但我愿意用在《局部》。你爱国，很好，爱什么呢？你知道吗？很多爱国者根本不知道中国艺术的伟大。

第二，线上展览，我没意见，人类但凡有了新媒介，第一步，就是把过去的艺术再表达一次。印刷术，digital 技术，人类会翻回去把所有电影、音乐、文学、绘画再弄一遍，扩大传播，这是人类的天性。

我现在根本不看画册。看到了，就会本能地伸出手指想把画面拉大，因为老花眼了，但你能把画册图像放大么？不可能，这就是新媒介给我的改变，

有一点是肯定的，不管媒介怎么折腾，怎么更新，永远不会取代你站在作品面前的感受。刚才我带大家下"地狱"，进入徐显秀墓室，那个像馒头一样的空间，这种经验，任何媒介不可能替代。将来 VR 出现，你戴上什么器械，像是亲临其境，都是二手经验。一手经验不会被替代的。

艺术需要知识吗？需要，而且是无边无际的知识，但不意味有知识才可以欣赏和谈论艺术，艺术最重要的是感觉。

我们都是那个在美术馆门前徘徊的人，充满敬畏，想起艺术的所谓专业性，吓得发抖，但艺术就为了交给所有

人。艺术渴望被看到，渴望观众。

我们都没学过电影、文学、音乐，可是都有自己喜欢的书本、影像和音像，你不能想象生活里没有音乐，没有电影，没有画面。所有艺术期待拥抱观众，占有观众，可是你却自卑，拒绝拥抱，掉头走开，想想吧，是不是这样？

惶恐而高兴

序韩国版《局部》

诸位，二十五年前我到过首尔，四处张望，发现街头的男女青年有股朝气，那是难以形容的集体表情，令我起敬意。有位高大的青年站在街头弹琴唱歌，神色凛然，好比古时候耿介的官员，又像个烈士。我至今记得，推算岁数，如今他该四十好几了。

这本书的书名有两个意思：我从未修习过美术史，也从未做过视频节目，然而居然不知深浅做了十六集谈论艺术的视频系列，题目是《局部》——即我所谓"陌生的经验"。诸位现在读到的，就是那个系列的十六篇讲稿。

人类喜欢看画，看过后，还喜欢没完没了地谈，这是件奇妙的事。人又喜欢听活人当面讲故事，艺术也是故事，也可以娓娓道来。电视虽只是屏幕，但你瞧着、听着，觉得那家伙就在对你讲、为你讲。

我曾读过几本美术史书籍，统统忘了，连书名也不记得。上世纪八十年代去纽约，常在电视上看到美国人与英国人讲述世界艺术的专题节目，主讲人大抵是个老头子，侃侃而谈，配着不断变化的名作图像，比阅读史论专著有趣多了。我从此领教艺术可以在电视上讲，讲给成千上万的民众听。

那时还没互联网，更没有今日的视频。

美术史专家固然博学，透彻，有道理，但其中大多数并不亲手画画。你讲一件事，你做一件事，到底不同。我不敢说他们高明的讲述终究还嫌隔靴搔痒，但我要说，亲手画画的那种"痛痒"，那些更微妙、更复杂、更真切的感受，远远没被说出来。

所有人相信，讲述艺术必须学问高深，是的，严格的美术史年代顺序，繁复的区域文化差异，说来话长，可是专门知识对专家有用，对我们无用——"我们"，是指爱艺术的人。爱艺术的人该怎么办呢？多看。看多了，记忆自会安顿作品的时代和地域，不断不断给你新的眼光，新的眼界，新的惊喜。

我缺乏知识，但有画画的经验；我没受过史论训练，但有看画的眼界。经验、眼界，并不能著书立说，讲故事却要有点阅历。所谓阅历，就是我斗胆写成这本书的办法。

如今看取艺术的方式，太容易了。无数画册、视频、网络图片、跨国旅游……但以我三十多年域外所见，世界上有许许多多好画家，被历史遗漏、淡忘，大部分观众并不知道。

譬如，大家欣赏印象派，却不曾留心早逝的巴齐耶；诸位熟知梵高，未必注意他初学绘画的涂抹；你要是去过佛罗伦萨，很可能错过圣马可修道院小禅房里安吉利科的湿壁画；你一定景仰古希腊雕刻，请看看来自土耳其东部旷野的古希腊群雕《巨人的战役》。爱看画的韩国朋友肯定熟悉中国文人画经典，宫廷画家徐扬的《乾隆南巡图》，也该看看……上世纪四十年代，蒋兆和先生画了《流民图》，描绘日本侵华战争的悲惨景象，韩国人看了，想必动容，但不少中国观众看了我的视频，这才知道我们曾有过这么重要的画卷。

讲述艺术，原是分享经验。我尽可能避开人所共知的世界名画，而选择次要的作品——在专家学者那里似乎显得"次要"——你看到了，倘若以为好看、有趣、动人，你再去看如雷贯耳的名作，会不会比此前更有眼光？

我不知道我的选择能否感染别的读者。但愿如此。现在，贵国的编辑有心译介这本书，我真是惶恐而高兴，如果哪位韩国读者果真翻开读，我先此鞠躬谢谢——二十五年前，说不定我在首尔街头见过你。

2018年元月11日写在意大利旅次

陌生的经验 [*]

　　我的视频节目，梦一般做完了。去年几经踌躇，接了，当真做起来，实在是既难且烦。

　　早在 2005 年，刘瑞琳几次要我写写美术的普及读物。其时刚递了辞职书，一提美术教育，如避瘟疫：校园里、市面上，教唆画画的垃圾书还嫌少么？转眼十年。去岁梁文道领衔策划"看理想"系列，一群人团团围住，好说歹说，题目也先给圈定了，就是《局部》。我作状敷衍着，心里想，不得安宁的日子又要来了。

　　头集拍摄，眼看十来位剧组人员闯进画室，连楼道也摊放着器具：翻悔吗，来不及了。头一着是拉起窗帘，关

灭所有灯盏，昏暗中至少折腾五小时，专用灯竖了起来，灼灼白光，满地电线……终于，我被命令走向强光照射的位置，被三架摄像机呈环形包围。众人收声了，这时，总有个小伙子手持摄影场的专用夹板，快步走近，照我脑门子跟前啪地一记，随即闪开。

完了。人给逼到这种地步而须从容说话，好苦啊——我打起精神，独自开腔，勉力装作娓娓清谈的样子，正说到略微入趣而稍有介事，录音师叫停：由远及近，楼下那条铁路又有时代列车隆隆开来。

几分钟后，车声远去，我得装得若无其事，接着聊。七月，《局部》团队移师乌镇，换成室外的景别，可是满树蝉鸣，录音师几度放弃，众人于是拎着大堆器具，更换好几个地点。

近日将《局部》系列配图成书，排版、校对、做封面，我又回到熟悉的勾当：异哉！编了十年的集册，每弄一回，多少以为给市面添本新书，唯独这次，显得多余：全书内容先已变成活动的影像、有声的画面、网络的视频，自夏入秋，全程播完了，眼前的书稿岂不是节目吐出的渣？

我恍然明白：过去大半年，自己参与了一件全然陌生的事。

脱口秀，时兴的专业，我学不会。会者，必具天生的口才。开初就对摄制组坚持：我只会念稿。他们同意了，于是开写。写稿，总算擅长吧，才弄第一篇，却也不然。二十分钟的播出时限，不可逾越，每篇三四千字，则难以顺理也得成章。平时作文，固然是小众范围的自欺，一旦卷入网络漩涡，就得巴结所有人。"所有人"是谁呢？我的写作失去了焦距——失去焦距，也得硬写，所幸，一集挨一集，临时起念，选定某人，我的茫然渐渐转为专注而顺畅了：少年早夭的王希孟、委屈一世的蒋兆和、出师阵亡的巴齐耶、乏人知晓的瓦拉东、画史无名的苏州师傅、被遗忘的上海美人……是的。隐没的天才、次要的作品，理应反顾，我调转目标，朝向我所爱敬的良人，很快，再度被他们感动了。

"公众"怎么办呢？其实我早知道：不必自作多情，哪有"公众"这回事。

但我也就头一回觉知：写作不足道，倘若只为出书。由讲稿而视频，由视频而变回书，我领教了怎样才是视频，怎样地才能做成视频。实在说，《局部》十六集的真作者，并不是我，而是导演谢梦茜。本书内页随处记述了她的慧心与功劳。我从未梦想过自己的文稿配上音画，而配上音画的念稿，不至于太过讨厌。现在我承认，此事蛮好玩：不怕电影人见笑，过去一年，我竟傍着这位小导演而浅尝了弄电影的愉悦。

然而每集片尾的人名缓缓滚动着，快要滚完，这才闪过梦茜的名字，不行，我要谢谢她！此外如"理想国"刘瑞琳、总策划梁文道、制作总监杨亮、"土豆"当家的杨卫东一干人等，这里就不客套了——团队中有位机灵的男孩总会窜过来，悄声提醒：陈老师：背心穿反了！裤链拉上——今次要过了把戏，我要听真话，是故以下批语弥足珍贵，全文引述，聊表感佩，可惜，不知道说话人的名与姓：

"看理想"点击量最好也不过一期逾百万，照网络视频点击量指标，广告商决不会青睐。看节目的"弹幕"就知道，受众有多少，以及大家抱着什么样的心态看。除了少数文学、艺术爱好者以及想装高大上找素材的人，有耐心看的年轻人实在太少。网络视频主要受众是90后，节目方说不要低估观众，其实太高估90后的胃口了。

现在生活够苦的了，挤了一天地铁，累得和狗一样，你却给我在这不咸不淡地谈诗和远方。为毛搞笑类节目这么火，大家需要放松啊。从节目功能性讲，受众实在太窄，在豆瓣用户都得挑半天。如果你教大家如何泡妞，肯定看的人多。《晓松奇谈》明显胜出，因为在讲历史八卦，可以作很多人的装高雅的谈资。节目起码要和当下社会热点链接——还可以再猛一点。比如从最近很火的"优衣库"事件扯到艺术上去，就有人看，就厉害了。

发这段话的小友，是与某位九零后资方磋谈同类项目时，出此妙谈。我一读而过，句句实话：现实感、方法论、文化把脉、业界出路，俱皆顾到；出语之醒辟，令我豁然省察当今的大环境与大趋势，立论之熟悉，则与我从小就被耳提面命的革命信条，处处咬合。我虽非"知识分子"，亦如挨批，顿起有罪之感。

而从"优衣库"事件"扯到艺术上去"——"还可以再猛一点"——多妙啊，我怎么就没想到？

且我也喜好粗口，原来《局部》点击量背后是一小群"文艺"青年——幸甚至哉！照实说：本人少小爱装，如今修到如此境界，得此昵称，与有荣焉。是故还得郑重谢谢《局部》栏目下敲字捧场的小年青们：入夏以来，友人举着手机给我看过几回观众留言，最使我陶然"自嗨"者，是说看了《局部》，人会"安静"下来——这可是意外的回应、上佳的褒奖，如若果然，岂不反证了法国人蒙田所言：

人类的所有不安，就是回到家里也静不下来。

好了。最后，容我起立感谢自王希孟到杜尚等十余位天外的嘉宾，是他们为这档节目赋予真的价值。编书时，利用页面空档，我增补了不少掌故兼以新的感触，一路絮叨着，再次惊觉：他们的伟大，他们的好，远远超过我的讲述。

2015 年 9 月 30 日写在乌镇

我的大学 *

经过十个月的交涉、交涉、交涉，2017 年夏，纽约大都会艺术博物馆终于给了《局部》团队三个晚上的拍摄准许，每晚给足五小时。

8 月 28 日，将近六点，人潮退尽，美术馆闭馆了。等在广场西侧的我们：导演梦茜、两位摄影师、一位录音师、一位制片，还有我，被馆员领着，鱼贯进入西侧边门甬道，在庞大的地下室转弯复转弯，上到空荡荡的前厅。

全馆灯火辉煌。昔年熟悉的每个大厅空无一人——埃及馆、希腊馆、欧洲馆、中亚馆、东亚馆——所有雕刻与绘画，转脸看向这几位中国人。

---

* 此篇为《局部》第二季《我的大学》文字书序。

小时候吃过夜饭，只身潜入空荡荡的破烂校园走一圈，我会狂喜到浑身战栗……此刻我们竟被准许进入全部撤空的大都会艺术博物馆，度过整个夜晚吗？

但我不可能享受如此良宵。与其说紧张工作，不如说，我们鬼一般梦游。导演早在十六集文案中标明每夜我必须在某画前讲述的段落，换句话说，我们得掐准时分，讲完勃鲁盖尔立即赶赴普桑的画前，或者，从明清山水画馆迅速转移到摆放易县罗汉的专厅。

那是近乎滑稽的场面。每当阵地更换，我就趁孩子们占位布灯之际，找个角落，困兽般来回暴走，背诵导演指定的段落。初起，不知是害羞还是礼貌，我压低声音，近乎嗫嚅，几番试过，忽然就管他呢，扬声朗读起来。还有比背诵自己的台词更荒唐的事吗？头一夜我就明白，我不是《局部》作者，而是客串演员。

"陈老师能不能麻烦你开始……"，梦茜下令了。我于是从背诵中醒来，交出稿页，乖乖站到指定位置，作势开腔了。

瑞贝卡，馆内宣传部的小姐，全程跟着，只手扶稳照明灯，唯恐撞到墙上的梵高或马蒂斯。8 月 30 日 10 点半，三夜的工作结束了，她一变尽职而倦怠的脸色，忽然诚恳地说：

"I realy want to know what you say……"

其实我不知道自己说了些什么。写作，画画，你能瞧见画面和文稿如何生成，随时调整，视频拍摄的全过程，我只是被支使的人，根本不知道效果如何。熬到翌年元月，在佛罗伦萨拍完单独讲述的部分——其时我正在意大利考察第三季的湿壁画主题——总算可以撒手，余事扔给梦茜折腾了。

2018年春，快乐的日子来到了：每隔一周或十天，她会发来新一集初剪版，听取意见。奇怪，我不情不愿的业余表演，现在变成有声有色的完整节目：我张嘴呆看，完全像在欣赏别人的作品。

没有配乐的影像是不可想象的，不懂得如何配乐，更不可想象。在我看，《局部》若有神采，不是叙述，不是画面，而是梦茜配置的音乐。

天生的悟性！但她怎样从各国、各时期、各种曲式和器乐的海量资源中，提取几秒，或几十秒，为影像叙述提供美妙的过渡、衔接，或者，突然的转折？

每一集的结束曲也是梦茜所选，对极了。仅一两次，我问，还有更好的选择吗？梦茜从善如流，《文姬归汉图》

的结束曲由原先的古琴曲换成中亚旋律，因为文姬流放在胡人的地域。

第二季播出后，我学会阅读横穿而过的纷纷弹幕，至少三十次以上，观众赞道："音乐真美！感谢张亚东！"张先生确是"看理想"视频系列的音乐总监，日后，梁文道、马世芳与我的视频中反复出现的两三段配乐——顶多两三段吧——应是他写的，但他怎可能为数百集视频的每一集配乐。总之，到目前为止，《局部》三十二集的配乐，全是梦茜的选择。

当观众在优酷一周接一周等待新一集《局部》，知道吗，梦茜和我正在一集接一集商量最后的定稿，然后由她送交审查、上片、播出——第十六集剪完，我与梦茜同时失落：快乐的日子过完了。

如今我常会遇到自称看过《局部》的观众，有大人，有小孩，有警察，也有干部……我总是对他们说：诸位应该感谢梦茜，准确地说，《局部》是她的作品。不是么？我不能想象更换另一位导演，要是第三季明年果然能够拍摄，我愿说，因为有梦茜。

临了，请允许我对每集的开篇词，稍作辩解：

"我没上过高中、大学，大都会美术馆就是我的大学……"播出后，有人反驳，说，你上过美院研究生，怎可说没上过大学？这么说，对得起学院吗？

这倒是正义的质问——请容我禀报实情：我十六岁初中毕业，下农村，二十五岁上学。知道吗，1977年恢复高考，于是有"文革"后第一批大学生；1978年恢复招收研究生，我有幸混迹其间；1980年毕业，我们全体得到结业证，没有硕士学位，那年，国家尚未恢复学位制，我们的指导教授，毕业于徐悲鸿时代的几位老师，也没正式的教授衔。

2000年受聘清华美院，进门头一件事，填写学历表。高中、大学那两栏，我无可奉告，空着，但另一栏必须如实填写我的学历的证明人。我想了想，端端正正填写了"毛主席"。

苏俄作家高尔基，如今的青年未必知道。我小时候读他的回忆录三部曲：《童年》《在人间》《我的大学》，涕泗横流。《局部》第二季出，便偷了他末一册书名做总标题。这位苦孩子小学没读完就四处流浪打工，日后回忆，便将俄罗斯江湖称之曰"大学"。

索性把话说开吧：锁在大都会艺术博物馆的艺术家，九成以上没进过大学。哈尔斯十二岁学画，二十七岁加入当地画家公会，初中也没上过；委拉斯贵支上过哪个"高中"？他十八岁画的画，能把你气死；马奈十六岁当水手，十八岁进画室，那种画室，不是如今所谓大学；毕加索，则临老都无法背出二十六个字母。

古代画家更不消说。古希腊、古罗马、两汉、魏晋，哪有什么大学。多数画家雕刻家根本不识字——此所以美术馆是我的大学，此所以我至今尚未毕业。

感谢观看本季的朋友们，感谢一位与我辩难的观众，他坚称我不配讲美术史，例证是：广胜寺壁画那集，我说汉代即有壁画，他便发了先秦壁画的图。我一看，面红耳赤——没上过高中与大学，毕竟寒碜，观众若是发现《局部》讲述的低级谬误，务请像这位观众一样，直斥我的错。

2018 年 7 月写在伦敦

伟大的工匠 *

据意大利方严格排定的拍摄计划，2019 年 4 月 17 日是《局部》第三季开工头一天，地点在第八集讲述的美第奇里卡迪宫。上午八点半，全体人员集合内院，二楼礼拜堂那扇小门里，就是戈佐里画满四壁的《博士来拜》。

拍摄器械堆在大理石台阶边——十五世纪的豪华楼道，每个转角站着雕像——梦茜早已熟读这集文案，下载了相关图像资料，包括英剧《美第奇家族》中洛伦佐弟弟被谋杀的惊悚片段。赴意大利前半年，她不但吃透了每集文案，还备齐了 2017 年我在教堂拍摄的上百张电子照片："哎呀，现场拍的根本不是一回事，再不能相信网络图片。"

妙极了，这就是我要的感觉。

没有第二个人像梦茜那样熟悉我将说到的壁画。根据逐篇文案和图片，她无数次想象拍摄现场——照她的说法，是"脑补"——但直到此刻，她还没亲眼看见我们将拍摄的大部分壁画。

最难做的事，就是赞美。忽而我有点担心：待会儿进去了，她会发现真迹未必如我说的那么精彩吗？

馆员下楼通知：可以进了。众人拎起大小器具往上跑，像一群暴徒。我跟在梦茜背后，留心她的表情——多小的孩子啊，我的导演——门开了，我们鱼贯进入。那一瞬，她呆呆四看，随即忙着吩咐机位和布光。忘了立刻问，还是工作半晌后，我终于说："喂！比你想象的……怎样？"

梦茜很少大声说话，只听她应声叫道："陈老师，只有更好！只有比想象的更好啊！"

我心宽了。梦茜恐怕不知。但我要再说一遍：《局部》是她的作品，第三季更是力作。证据是什么呢？听我说来——导演的本行，原是影像叙述，但梦茜对绘画、音乐的一流感觉，出我意外；她对文案解读之敏锐，之到位，则令我吃惊。稿子到她手里，立刻拆散了，露面的段落、旁白的段落，画满了杠杠。我请求少露脸，因为讨厌背自己写的台词，我问："你凭哪些段落非得要我露脸呢？"

"那是你的观点呀，"她正色道，"当然要露！"

噫！我的观点？稿子一脱手，我就忘了说些什么。可是被梦茜分段打散后，所谓分镜头剧本，出现了，那是我陌生的稿面，日后剪完一看，果然，"观点"被影像凸显了，好像那是另一个家伙的意思。

事情远不止于此。每当梦茜抓住"观点"，就会用一流间谍般的灵通，搜索各种讯息，然后变戏法似的，擅自加入新的、完全不在文案中的片段——奇怪！我的讲述被她补充的画面大幅度展开，各种图像与文字讯息接连出场，纷纷支持我的"观点"。

譬如第二季末集引了马蒂斯一句话"艺术与大众永远存在一道鸿沟"，变成视频后，上下文之间忽然出现杜尚的采访视频，意思是现代艺术与社会太"隔"。杜尚说过这话吗？瞧，他被梦茜拉来帮腔啦。

我高兴坏了。我猜，梦茜也高兴。这是她的主意，或者说，导演的权力。第三季第十二集剪出来，我又吃一惊：正当我痛说无名的工匠、工匠的无名，杜尚笑着他那张老脸，再次加入，叼着他著名的雪茄——二十世纪六十年代的采访居然允许受访者抽烟——慢条斯理地说：

　　不必因为你是个艺术家，而被关注……

自第二季开始，类似的例子反复出现，都是原始文案没有的。我眼看《局部》被赋予影像的雄辩，说服观众，其中也包括我。但她从不跟我事先说起——也许要吓唬我吧——我也从不问她怎么剪，只等弄完了发我：那是幸福的时刻，我会急着告诉她哪里好，哪里对，这时她像个没事人，从不接话。

　　有几次她说话了。我能记得的例子是在阿雷佐，当天的拍摄完工了，夜里收到梦茜短信，说，拍摄时，她瞧着弗朗切斯卡描绘战争画的大墙，想起第二季我聊到绘画与时间，果然发现了画中的时间顺序——这可不只是"比想象的更好啊"，她真的看了进去。

　　我一激灵：重点讲述了弗朗切斯卡的伟大布局，我忘了交代这位沉着的大师如何处理"时间"。赶紧问导演能否添加。回复是："好啊，快写！明天还有两小时让拍。"翌日上午我穿戴好，爬上梯子，补录了以下段落：

　　　　东墙的《希拉克略战胜库思劳》，从左到右，是开打、厮拼、制胜、受降的全过程；西墙的《君士坦丁战胜马克森提乌斯》，从左到右，是列队、布阵、出发、挺进的全过程……

原文案没有这一段，亏梦茜点醒，连夜补上了。五年来，凡事我都愿跟她商量，而她一点就通，一敲就响，《局部》文案好几处因她无意而有心的参与，变得充实了、改观了。

但她总像个没事人，不肯露面。听听她给第三季配的音乐——每段乐音好像早就等着那个段落——她上过音乐学院吗？No。如今她辨别种种绘画的痛痒、原作的质地，眼光毒辣，她上过美院吗？No。而我除了提供文案，不曾在现场花一分钟教她怎样看画，不相信吗？你去问她。

我想说什么呢：倘若人的心智和感觉未被教条熄灭，又如处子般爱艺术，便可能一敲就响，一点就通。

当然，梦茜自有她分内的苦功。我问她啥时候开始喜欢摆弄影像，她说初中。这就对啦！哪个无名工匠不是从小动手干活儿嘛，弄半天，原来我身边就跟着一位活蹦乱跳的"无名工匠"。

意大利流窜数十天，孩子们好辛苦。梦茜每天睡四个来小时，团队里的男孩也差不多吧，个个不声不响，全听她，一大早就给她撵出去找外景。本季每集的片花刚开始，钟声大作，旭日灼灼，就是他们起早候着，向空中一趟趟放出小飞机，好不容易拍到的。

工作时我有点怕梦茜，而且讨厌她，因为她有权。开腔一讲，她若是低头看别处，我就知道没念好，又得重来。摄影师小杜也讨厌，好不容易一遍遍重来，直到通过，刚想歇歇，抽根烟，梦茜早已吩咐他跟上来，小声说："陈老师，再走几个空镜。"所谓空镜，就是我面对壁画站着，作沉思状，或假装在哪个景点踱步，向前走——"太快了，能不能慢点！"梦茜命令道。我只得退回指定的原地，放缓脚步，再走一遍。

视频出来后才知道，那许多串联段落的画面，全靠我装模作样弄成的空镜。唉，小杜其实和我一样乖。

意大利、意大利，我们果真去意大利弄成了《局部》第三季吗？而我斗胆撇开伟大的"三杰"，也竟讲述了文艺复兴。谢谢大家纵容我，此刻想到三位巨匠，心里抱歉，补说几句吧：

达·芬奇的好，单说画，是在无限的微妙。米开朗琪罗好在哪里呢，古希腊之后，是他使躯干与肌肉，成为人权宣言。拉斐尔，或许综合了达·芬奇的微妙与米开朗琪罗的力量，以他不辨雌雄的天性，婉转发哆——有时，天才是终结者，由乔托与马萨乔开启的光芒万丈的文艺复兴，自"三杰"降生后，走向灿烂的黄昏。

以上当然是偏见。除了偏见，还能是什么呢？而我读到的所有美术史，无非是被权力合法化的正版偏见。现在第三季文字书出来了，壮丽的文艺复兴又变回方块字，得到此书的朋友假如没看过视频，还请赏脸看看梦茜版的《局部》第三季吧。

2020 年 6 月 23 日写在乌镇

关于木心

乌镇子弟陈向宏 *

我在媒体上见过这个故事。2000 年前后，陈向宏通过王安忆联系到您，希望由您牵线请木心先生回乌镇居住，又过五年，木心先生终于归乡。您还能回忆起这个故事的更多细节吗？比如陈向宏是给您打了电话吗？说了些什么呢？您当时对于这样一个陌生的基层官员提出的请求感到突兀、奇怪吗？

1994 年末，上完世界文学史课，木心独自归国，1995 年元月潜回乌镇，寻访暌别五十多年的家园。翌年，

---

* 《人物》杂志（不是《南方周末》那份）做陈向宏专题，对我做了文字采访，事后专题全文由小编撰写，仅用了采访中一小部分。我发去给向宏看，他叫道："喔哟，他们只要发这篇采访就好了呀。"现披露采访全文。

《中国时报》发表他记述此行的散文《乌镇》。1999年左右，乌镇徐家堤先生弄到这份报刊，给当时甫上任的陈向宏看。向宏四处打听，没人知道谁是木心。同年，安忆因《长恨歌》获茅盾文学奖去乌镇领奖，向宏再次问起，安忆说，她的朋友陈某认识木心，于是马上给我拨来电话。

我与安忆通信十余年，从未彼此越洋通话。只听她飞快地说："丹青你赶紧告诉木心，他家乡在找他！"——上世纪八十年代初，我就把安忆的小说给木心看过，他特意捻出某段，说"很会写，很会写"。2005年木心到乌镇与向宏见面，看新建的故居，道经上海时特地请安忆吃了饭，那时安忆已是老作家，和一个更老的作家说话。

"文革"结束后打开国门，各地政府主动接待或联络海外侨民，十分普遍，所以乌镇找来，我不惊讶，而是感动，直觉是：乌镇出了个有心人。木心回乡原是天定的伏笔，我记得转告木心时，他眼睛一亮，显然诧异而高兴。此后的情形不很记得了，反正我与向宏开始通信，他明确说：请先生考虑回乡，占用故居的厂家已经迁出，只要老先生回话，随时翻新故居。

2000年我回国定居不久，向宏派车来上海接我去乌镇。我母亲是浙人，幼年在乌镇边上的练市小镇住过，于是随我一起去。向宏的办公室很小，那年他才三十八岁，红堂堂的脸，是我从小熟悉的江浙地方领导模样。他朗声说："陈老师啊，老先生回来，我们没有任何意图和条件，一切镇上负责。"

在那之前您和政府基层官员打过交道吗？陈向宏和他们有什么不同呢？他如何打动了您和木心先生？

我们中小学常到郊外劳动，熟悉郊县领导，都很爽快，大嗓门说话。后来当知青更得和基层干部混。现在我老了，发现官员好年轻。向宏小我十岁，一看就是做事情的人，我当即喜欢他。我是江湖混大的，至今把他看作江湖中人，说话算数，浑身是草根的质朴和活力。京沪中层官员多半是硕士白领，弄条领带挂挂，不土不洋，满口半酸不咸的，照老上海说法是"不担肩胛"（即北京话"不靠谱"）。我宁可看见基层官员的草莽气，出了事立即帮忙摆平的那种。

向宏从未试图打动我。我们对面坐下，一二三四，全是谈事情，不玩兰花指。为木心还乡定居，我去乌镇好几次，每次三言两语交代清楚，各人去忙。2002年晚晴小筑开工时，我亲见向宏站大太阳底下，破烂不堪的旧居已经夷为平地——就是如今木心纪念馆所在——他像个包工头，吼叫着，对在场十几位工人关照施工要求，我拍了照寄给木心看。我老是忘了他是党委书记，他永远在做事，在现场。

您还记得 2006 年 9 月 8 日，木心先生由您陪同，正式回乡居住的情景吗？陈向宏当时做了什么？您当时心里有什么感慨？

2006 年秋，我陪先生飞到上海，在衡山宾馆停留两天，9 月 9 号一早，面包车停在宾馆外，向宏进宾馆大堂与先生寒暄过，说他当天有会议，不能亲自陪先生回去（上一年，木心专程飞来上海，已在乌镇与向宏见了面，看了翻新的故居工程）。当晚乌镇的宾馆设了包房宴席，木心座前竖着一只用南瓜雕刻的龙。其他接应，早到位了。

江湖人不客套的。我喜欢向宏的坦然与得体，他可比从前老家族的长子长孙，老辈面前唯是恭谨，恭听，要言不烦。直到木心辞世，向宏执礼如仪，不是弟子礼，更不是官场见了文化人那种夸张到恐怖的虚礼，而是江南汉子的敬与正。

打动我的是木心死去翌日。我从北京往乌镇赶时，向宏花一整天布置灵堂，全程督办，亲自摆放，楼下过道沿墙搁了一盆盆白菊，前院的树丛等距离插了花。他处处设想先生的品位和我的心情，进门后引我上楼看，脸上的意思还像做了什么错事，生怕我觉得不对。在殡仪馆，我瞧着先生遗体的盖被和帽子不适合，忽然发脾气，向宏一声不响站着，依从我。唉！那几日天寒地冻，家人兄弟临到族中的丧事，都未必这般贴心啊。

据陈向宏说，木心老先生生前曾说，一生最信任"三陈"，其中二陈是您二位。在安排木心先生身后事时，陈向宏说过，"大量的画作，我主动提出来，不要捐给公司，捐给不属于公司的木心基金会"。这是您俩共同商议的结果吗？

前一位是台湾旅法画家陈英德，1983 年他在纽约初访木心，一面之交，即力劝木心恢复写作，老头子果然从此写起来。第二位是我，陪他讲讲笑话，跑跑腿，第三位即是乌镇子弟陈向宏，未谋面，即订交，一路信守，说到做到。

画作捐基金会一事，向宏早想好了。他事无巨细，有主张，有主意，不愧是十才。我平时瞧着凶巴巴，遇这类事，又笨又糊涂。难得向宏谋划一切，却总是声音轻下来，凑过来，事先问我行不行。当然行啊。我俩在行政事务上的智力和经验是不对等的。我不会管人，带几个学生都没辙。向宏年轻时就管人，会谋事，每次我都惊讶，发现他早有办法，实施后，我只需配合便是。

您在九十年代就到过乌镇，当时那是一个破败的小镇。而现今的乌镇则是拥有文化、财富和影响力的名镇，与当年不可同日而语。和您一样，我赞赏乌镇的改变。乌镇最让您喜欢的是什么呢？您到了乌镇有什么地方是一定要去看看的吗（除了木心美术馆、纪念馆）？

1995年元月先生偷偷来过后，十月，我回国因事去杭州，也绕道乌镇，因为他总是讲起故乡，我早就想来看看。

东栅西栅，破败凄凉，剩几户老人，听评弹，打牌，河边衰墙边停着垃圾堆和鸟笼子，还有家家的马桶，年轻人走光了。那种没落颓败，味道是好极了。我原是江南人，走走看看，怀自己的旧，可是全镇完全被世界遗忘，像一个炊烟缭绕、鸡鸣水流的地狱。

批评乌镇的文化人没见过改造前的乌镇，便是见过，果真动手改造过半个角落？没有——现在的乌镇是乌托邦，西栅那条河日夜桨声船影，城里的艳装女子坐船舱里大呼小叫。早在2005年，我和木心亲眼看见掏空抽干的河道，泥浆累累，像个狭长的大战壕，布满工人，两岸民宅只有屋架子，瓦片还没铺。

2006 年孟夏，西栅改造完工，河里放水了。我去看故居进度，准备秋后押送先生回来，向宏派了船渡我进西栅看看。那天大晴，两岸白墙黑瓦，整个西栅一个人也没有——至今我想不出如何形容，后来才知道，那么多房舍、转弯、桥洞，无数楼台庭院，全是向宏亲手画出来，督着工程队一项项做成的。

我喜欢乌镇每个角落，江南风雨很快给了岁月的包浆，仿佛百龄老镇。我不想在短短问答中描述新旧乌镇的天壤之别，那应是一篇大文章。你问我最喜欢的是什么？我只能说，它让我想起无数别的古镇完蛋了，没了——江南江北多少古镇本该像乌镇这样死一回，再活过来，活得像如今一样，那多好啊！不可能了。

我也好奇，对于今日之乌镇，您是否也有不认同的部分？您是否有对它的中肯批评？比如，有人说西栅就是"楚门的世界"，这种说法您有共鸣吗？

真是文人的酸话。什么叫"楚门的世界"？乌镇有我不认同的地方吗？ 当然有，譬如旅游味太重，那是全世界名镇的通例，岂独乌镇。十多年来，乌镇有所控制、平

乌镇子弟陈向宏

197

衡，已属大不易；再譬如迁走镇民，限制回流，更是全国各地都在干，伤天害理的案子不知有多少。问题是，迁走之后，千百个新建区域拿得出乌镇的成绩单么？管理和效益如何？套个楚门的帽子说明什么？没有。

簇新的西栅刚造好，多少有片场的感觉——我去过无锡附近的影视剧片场，全是仿古建筑——这些年乌镇的岁月感出来了，到处是爬墙虎、积垢、树丛、野花、芦苇，镇外还有庄稼。我明白了，影视城古建是想象与模拟性质，为便于拍片取景；西栅虽也大幅度增添了复古式细节，毕竟依据老乌镇的骨架，其他渲染是记忆性的，好比作曲，配器、规模、功能，大胆加入新的意图，谱子却是老的。

欧洲、日本，再好的古镇也不是十八九世纪的形态。旅游业，旅游人群，所有古镇的"自然形态"不可能不变——"自然"从来是争议性的词——欧洲旅游化七八十年，没有一座意大利法国的古镇是"自然"的。欧洲、日本的优势，一是历史的人为劫难少，古镇的阶级、产权、法制，等等，没被破坏；二是西方历史建筑是石材居多，中国是砖木结构，你没办法。

乌镇重建的争议是中国所有地区的课题。假如乌镇没做好，固然该批，问题是太多老镇毁了，新城给弄砸了，鄂尔多斯的鬼市，你批评什么？三峡都给淹了，你批评什么？中国是你把哪里毁了，没事儿，你保留了，做好了，闲话四起。

张艺谋弄奥运会开幕式，有一招很管用：桌面上各种批评，谁都一堆奇思妙想，艺谋绷着脸听，最后手一摊，说：你来弄！结果开幕式弄好了，市面上几位文化人出来讲闲话，说是不懂中国文化。放屁啦！那些家伙我认识，九流的混子，装神弄鬼，文句不通，好意思谈中国文化。

向宏是"老干部"，不会辩解。我是闲人，我会对批评者叫道：是的，乌镇糟透了，你懂文化，你懂，你来弄！

没有比批评乌镇更高尚的事情了。你看，中国人愉快地弄死了无数古镇，乌镇却被向宏这帮家伙如此这般弄活了，我猜，他的阳谋就是特意为批评留出最后一个靶子吧，批评家该谢谢他才是。

您与陈向宏的交往是什么样的？对于小镇的走向，包括这几年向"文化小镇"的转型，您有否给过他一些建议？他接受了吗？你们有过您难以忘记的深谈吗？

说来你不信，我和向宏几乎没交往，彼此都忙，没事不通电话，十四年来，我从未到他家坐坐，喝酒聊天，我都不知道他住哪里。做大事的人，懂事懂人，缘分在了，彼此相帮，都存肚子里。

今年东栅木心纪念馆弄出来，隔一周他就来了长信，郑重谢谢我，这是他有礼。我给木心做、给乌镇做，如今已分不清、无需分。实情是：乌镇给木心养老送终，做纪念馆、美术馆，砸多少钱？顶着多少误解和非议？向宏绝口不提。要是没有乌镇，我什么都做不了，本该我谢谢他的事，他先来有礼，这就是江湖气啊。

我从未给过他任何建议。就像他从未对我干的事说过半句。一行是一行，我连自家装修都不会弄，他几千间房子玩下来，我建议什么？倒是他操心木心多少事，方案出来后，没一次自作主张，总是先来问我，要我问木心，征求同意，这才去做。

据说在他做西栅之前，因为是一个很大的工程，您曾和他说过："不要这样搞，风险太大了。"您说的风险指的是什么？他怎么回应您的呢？

我和木心一辈子纸面乾坤，对向宏做的大事，除了惊吓，没别的。我大概说过这类话吧，不记得了，我是看他太豪爽，亲见他宴席上满杯老酒一口干，如今他也过五十了，我叫他悠着点。我见过他喝醉的模样，一脸汗，从扶住他的几条胳膊里抽身走过来，和我客气道别，其实目光都难对焦了。他是我们小时候流氓堆里敢担当的那路人，打得不行了，颤巍巍站起来说声不好意思，今天没打好。

您在一次采访中说："陈（向宏）讲过一句话：我知道领导要什么，知道老百姓要什么，也知道你们文人艺术家要什么。"能否谈谈，您要的是什么？陈向宏如何做到在平衡政府、资本的同时，还让文人感到满意呢？在你们多年的交往中，您记得他在何种具体情况下显示这种能力吗？

向宏自小积极，少壮为官，当然深谙领导；他是北栅子弟，出身清苦，当然了解百姓；他弄出乌镇，一是大胆的想象，二是落实细节，不是艺术家是什么？所以他当然明白艺术家要什么，很简单：给我舞台，给我展厅，给我机会，给我人气。再加一条：别管我。

要点不在这里。他手上这么多头绪，再烦再忙，他有快感。战略家就怕没仗打。什么平衡政府啊、资金啊、文化人啊，他可能想都没想，只是一场接一场掰腕子，眼瞧事情做出来，他神旺。放眼看看各地旅游业，他清楚乌镇做成了什么，做对了什么，我每次走在乌镇都会想，这就是民间的奇迹，前提是，你得让他施展。

中国的现实深刻而复杂，"好心办坏事"的情况并不少见。您说他既有思路又有财力，但说实话，即便如此，很多人依然把事儿办砸了。据您的观察，陈向宏拥有的什么特质能让他最终把事情办成呢？

中国的现实"深刻而复杂"？正相反:浅薄而简单——浅薄到大悖常理，简单到超乎粗暴——要不那么多千年古镇哪里去了？有钱，有思路，事儿却办砸了，这就是简单而浅薄呀。

向宏倒是"深刻而复杂"的。他是猛人，更是细心人。他不做贸然之事，绝不拍脑袋。事先，事中，事后，他要思忖度量多少环节。2001年他带我看镇外一片空地，堆满老石料，都是江浙安徽拆了老街、老桥、老房子，线人第一时间通知，他就派人派车运过来，编了号，后来全用在西栅。你想啊，修旧如旧，旧材料哪里来？现在镇西头那片水上剧场的断桥，就是他买来的。移花接木，拿手好戏。近年他在京郊弄古北水镇，愣是荒山里凭空弄起来，北方人看了也惊倒，那项工程，他也专派团队到山西一带买的老房子和老材料。

一天到晚说把经济"搞活"，这就是搞活。

乌镇迄今还留着许多空地，他沉得住气，不用，不玩寅吃卯粮。凭他如今的能量，盖个城市不是问题，可他悠着来。中国城市化的多少教训，愚蠢，造孽，他都看在眼里，一路自己摸索。

他画的草图你们见过吗？简直是宋明时代的工笔彩绘军事图，山形、河道、村墟、房舍，样样各就其位。他学过素描色彩吗？清华、同济建筑系休想玩这种图。他说自己是包工头，也是，乌镇每盏灯，每块牌子，每块地砖，都是他选择的、设计的，处处往周到里想。他说夜里弄碗白粥，一笔笔画，其乐无穷，当年文艺复兴那些画家，就是这样把托斯卡纳地区的小城一笔笔画出来，然后造就的。

你见过哪个地方领导亲自画图纸，一画数千幅吗？可是知人不尽，这包工头忽然又弄什么戏剧节，弄得有模有样。向宏是真的爱家乡，真的爱做事，前提，是真的看透时势和机运。

您说陈向宏是大才，是民间英雄，我相信这是您日积月累对他产生的评价。但您是否能回忆起哪一刻，他的哪个想法或者举动，让您产生直接的感受——"他是个天才"？

不，不是日积月累，只一见，我就明白这家伙是个天才。例子太多了，单说他对木心这件事吧。

你想，他从未见过先生，只读了木心一篇文章。那年国内找不到任何木心的书，可是向宏决断，当即买下木心故居产权，命厂家迁出，当即付给补偿，竖起围墙，拨款重建——他如何确信木心的价值？他是文学系出身吗？别的小镇出个文人艺术家或许当回事，乌镇早有茅盾先生这块大牌子，向宏凭什么判断木心算老几？

2006年我推介木心，即便不算谤议蜂起，也弄得一身唾沫，这些破事都在网上晾着，他难道不想想陈丹青是个托儿？不想想老先生一旦请回来，徒有虚名，徒遭谤议，他如何向各方交代？

可是向宏一声不响。直到先生逝世，他从没去文界打听，没跟木心提一句要求，没要过哪怕一幅字。老先生在世时，向宏拿着木心对外显摆过吗？从来没有——1983年我在报上读到木心一篇散文，想都没想就走过去，一交三十年；第二个人就是向宏，他也只凭木心一篇文章，此后二话没有，扛到现在。古人所谓"一见即信"，"一念之诚"，向宏就是。

如今外界会说，向宏聪明，早早知道拿了木心做乌镇的大牌子。对啊！谁曾看出木心是块"牌子"吗？谁也想来用用吗？很好，当时你在哪里？你做了什么？

2006年木心刚住下，向宏进房请安，就说要盖美术馆。先生一脸迟疑：太快了吧，慢慢来。向宏于是静候。四年后，先生自知来日无多，遂跟我说起，我电话向宏。他即刻和施工头目何总一起来了，堂屋里坐定，设想、预算、面积、工期，一一呈报，然后扶着先生上车去看早就选好的地面。那天热极了，湖面的大剧院已经开工。

论赚钱，论旅游业，今向宏这一大摊收益早就起来了，够了，还要怎样？可是他要弄国际戏剧节，要起木心美术馆。多烦的事啊，砸多少钱，他面不改色。当初请回木心确是一步棋，走得好漂亮，我和木心都没想到。他沉得住气，看得远——十年前木心在中国毫无名气，2006年出版文集后，多少攻击、嘲讽、冷漠，可是向宏面不改色。另一面，2000年他请木心时，东栅还是破街一条，门票收益不知在哪里，向宏呢，还是面不改色。

好，眼下事情成了，闲话来了。木心一案，最能看出世人的嘴脸和心肠。向宏解释过吗？他只是做。去年在戏剧节酒席上，他又微醺，忽然脸色软下来，隔着桌子对我叹道："唉，丹青老师，仔细想想老先生回来后，许多事还能做得更好。"

说完兀自呆呆，沉吟良久，像在生自己的气。你看，他心里还在惦记，还在反省。

您谈到，中国是人治社会。乌镇的成功其实是因为人治，陈向宏作为主事者对于乌镇气质的走向至关重要。这种观察有点叫人绝望，也就是说我们很难从其他角度保证一个项目的走向，而人是不可控的。您对人治社会，持有什么样的态度？

"人治"是相对"法治"而言。追究历史的大道理，"人治"是贬义，其实呢，无论框架如何，临了还看"人治"。明君昏君，是"人治"的故事，民主如美国，选上选下，还是"人治"的故事，人对就顺，不对就换。公司集团换个头目，便在大赚大赔之间。你看西方每到大选，一片议论，都在谈谁谁谁赢了输了会怎样。

向宏能把乌镇盘活，大背景是改革开放。一松绑，遍地能人咕嘟咕嘟冒出来，或走官路，或闯邪道，三十多年来，多少民间好汉把一方死棋给盘活了。桐乡官场定有明眼人，识赏提拔；向宏也识才，随身又带出一伙满脸朴实的能人，左右吩咐下去，事情立马办齐。可是他不居功，事情办成了，不过嘿嘿一笑，这么成功了，你见他狂过一回吗？

当然，他也有嗓门提高的片刻，那是为乌镇，为了基层的苦衷说话，不是为自己。有次剩下我们俩，我对他说，向宏你牛，他脖子一缩，脸竟红了——也许是又喝醉了——说，那是大家肯干呀，我只是给推到前面，出了风头了。

贼聪明的能吏，善周旋的官员，会盈利的老总，有理想的士子，所在多多，集一身者，眼前就是向宏。可据我多年了解，他身子里住着个小男孩，性情毕露，圆头圆脑往那儿一站，笑起来嘎嘎响。

私下他是个孝子、好父亲、好朋友，上下周围打点照应，念的是各人的面子。我见过一回他训人，是美术馆清水混凝土外墙质量和工期不理想，忽然他就脑袋歪到一边，沉下脸来，像个族里的阿哥发急了，凶是凶的——半点不是官僚的霸道、老板的逼促——吼过了，座中的工头便即呆了。

他还定时写微博，人家发来，我看了又吃一惊，温柔得像个文艺青年，简直发嗲，我也不晓得他哪有闲暇读闲书。有时谈完事情，他顺带问问美术文艺之类，像个高中生，满脸好奇，且是有他自己的意见，说出来，都是中肯的。

大学绝对出不了陈向宏。他少年时在乡镇工厂那股机灵劲儿，我能想象。别的地方领导有没有向宏这般人物呢？该有吧，能不能成大事，还看天时地利。我与向宏结缘，乃因木心，偏偏老先生是乌镇人，偏偏派来改造乌镇的家伙，是陈向宏。真叫做"不是冤家不聚头"，天时地利，顶要紧还看"人和"呀。

但我们三人的剧情都是真的，事前没法编，事后没法演——此刻我在纽约探亲，今早散步还去先生当年的旧居楼前站了站。1991 到 1996 年，老头子窝在屋里写文学讲稿和《诗经演》，默默无闻，完全不知道，也不想想自己终老的前路在哪里。

1995 年元月和十月，木心、我，先后潜入东栅，贴着墙根走，东张西望，怃然感慨，认定这辈子再也不来乌镇了。一晃十九年过去，想想吧，那会儿哪晓得乌镇有个陈向宏，更是做梦也梦不到东栅西栅会有今天啊。

2014 年 12 月 15 日写在纽约

游子还乡 *

2006 年 9 月 8 日下午四点过，肯尼迪机场，我推送轮椅中的木心上了国航班机。十数小时飞啊飞，机上屏幕前后显示飞越区域：白令海、西伯利亚、蒙古国，中国。先生几乎没睡觉，在飞行的轰鸣中，与我说话。

9 月 9 日，中国时间黄昏五六点，京郊的燕山山脉逶迤展开，我请先生移坐窗前往下看，他就一声不响看。北京一降落，上海一降落，近沪地上空已近夜里十一点。引擎关闭了，飞机缓缓缓缓低下去，倾斜，转弯，平正了，又倾斜……"真慢啊。"先生静静地说，"苍蝇一停就停下来，看飞机降落，苍蝇真要笑煞。"

---

* 因未写下日期，此篇写于何时，为什么写，都忘记了。

9月10日，我们在上海街头慢慢走。先生大概说了一百个笑话。我说讲慢点，刚记住一句，三句五句接上来，笑也笑不及。午饭在功德林，夜饭在一家宁波馆，先生以为都难吃，浑浊，油腻，太甜而太咸。衡山宾馆自助早餐却是好，白粥，咸鸭蛋，先生说起，又微微笑了："喔哟，我一吃，就心里对鸭蛋说：对不起！"下一句转成杭州话："我以前不太了解你。"

9月11日，细雨。午后乌镇来车接。近苏浙交界，停车休息。有商铺，买一小袋碧青的南湖菱，十块钱，剥食，清淡的江南水腥气，"味道有点像的，"先生说。剥出第二个，递过去，他已睡着了。近四时到乌镇。六十多年前木心离开老家，现在他回来了。

深藏不露的人

序铁戈《木心上海往事》

　　2006 年秋，木心归来，我陪他从纽约飞回，转道上海，入住沪西衡山宾馆。第二天上街缓缓走了一圈，记得是在宾馆对过吃的夜饭。

　　那年木心七十九岁，虚静，老迈，哪也不想去，更不提见谁。翌日车出沪西，入浙江地界，我在路边买了菱角，剥一枚递给他，他喃喃地说：味道对的，便不再吃。我于是管自大嚼，转眼看，他已靠着椅背睡了。

　　少小离家五十年，那天夜里落宿故里，此后直到逝世，木心再没来过上海。

　　倒数上去，1994 年岁阑他独自返沪那一回，六十七岁，身体尚健，在他虹口区小小旧寓逍遥一个多月。其时他长别中国十二载，思乡心切，过江去到浦东，又悄悄回了乌镇，之后整页地写信给我，说年轻时教过书的浦东中学还在，旧门窗对着他"眉目传情"，又说混在桐乡开往乌镇的汽车里，偷听周围的乡音，"句句懂"……回纽约那天我去机场接他，说不几句，他就得意起来：

"不停不停写呀，写了一百十几首诗……"

木心写诗不肯标注写作地点，也不注年份，迄今我不知他诗集中哪些是那年写在上海。便是写在上海，也可能如他一贯的旨趣：忽而人在丹麦，忽而去了西班牙。

其实他的履历再简单不过：童年少年，在浙江，晚年暮年，在纽约。从 1946 年考入上海美专到 1982 年去国，他的青年期、壮年期，整三十六年，全在上海。暮年还乡，老家不剩半个亲友，不言而喻，他一生交往最为密集的朋辈，不在别处，都在上海。

"人说视死如归，我是视归如死呀。"回来前，木心这样地自言自语。真的，那天我眼瞧他瞌睡着，告别了上海。

木心的身后名，是个隐士。这印象并非全错：他没家室，一辈子确乎经年累月藏藏好，独自过日子——上海话叫做"一介头烧烧吃吃"——然而唯其孤身，他老来的记忆便是故交。想想看，有谁从十九岁到五十五岁久居一地而没有朋辈呢？

但除了追忆林风眠、席德进，还有《同情中断录》里那伙艺专同学，大部分故旧不入他的文章。譬如李梦熊吧，还有一帮子与他同辈的画家，包括单位弄堂里对他曾有善意的晚生，他都在我跟前反复念叨过——说起时，带着老人回忆往事的微微笑意，忽而来一句刻薄而亲昵的戏语——但他从未起意写写。

在他那里，文学与个人际遇，俨然分开的。

他也果真践行福楼拜那句话："呈现艺术，隐退艺术家。"在他书中，你找不到他在上海的半辈子行状：遭了哪些罪、有过哪些愉悦？和谁交往、如何交往……暮年接受纽约人的影像采访时，他终于说出调皮的实话："艺术家真要隐藏吗——他要你来找他呀！"

一年后他就死了。随即，早年他写给画家陈巨源的文言信，被发在网上。这就是有人"找"他的信号：他不但有熟腻的沪上老友，且是深度交情，不然以七十年代的环境，谁会用郑重的美文致书友人？他的遗稿，便是连用圆珠笔写写信也要誊抄好几遍，改了又改，而况一份毛笔书写的文言信。

前年，陈氏将原件慷慨捐给美术馆，并说出此信的原委：那是当年尚未解除监控的木心私下示画于众人，事后给陈氏的回复。事情变得有意思了：在场的"众人"还有谁，审慎如木心，何以"戴罪"期间居然相信他们？他是深谙"交浅"不宜"言深"的人，而这封文言信岂止"言深"，我读了，不禁偷笑：好啊，原来木心也有过这般动心动性、吐露衷肠的时刻。

"如果以为创造力强的作家都是躲在阁楼上的人，那就大错特错。"英国作家毛姆曾经这样写道："伟大的作家都是相处愉快的人，他们活力十足，可说是有趣的伙伴，讲起话来滔滔不绝，其魅力足以感染每一个与之接触的人。他们具有惊人的享受能力，热爱生活中美好的事物……"

说得对吗？我所记得的木心正是这样：活力十足，滔滔不绝，美衣、美食，百般计较。至于是否"相处愉快"，或许看人吧，但我在纽约每次带去见人，哪怕只会一面，都惊异于他率直而警策的话语，还有被他逗到爆笑、瘫倒的"众人"……

也许到纽约后，木心确乎与上海的那个"孙牧心"有所不同。但人的天性，藏不住、装不久——而他何止是个"有趣的伙伴"——我们谁都见过不事交际、情商欠缺的孤家寡人，木心，绝对的不是。便是藏身最严、约见最难的张爱玲，读她几次会友的实录，也都言笑晏晏，应对如流。

铁戈，上海人，早年习诗，中年后既是学者，也是画家，七十年代认识木心，结下忘年之交。木心美术馆建成后几度来乌镇探访，流连徘徊，我于是认识了这位木心的

上海老朋友。现在,在他凭记忆写下的这本书中,当年"孙牧心"与之往来的友朋的群像,逐一浮现了:

作家徐永年、周捷夫妇,钢琴家金石,画家陈巨源、陈巨洪兄弟,画家潘其鎏、王元鼎、唐友涛、梅文涛等,以及被木心称为恩人的工艺美术口领导胡铁生、其子胡晓申。

多吗? 以木心交友之慎,不很多,还有吗? 应该还有——上世纪五十年代,青年木心在浦东教书,六十年代初入工艺美术系统,他想必另有若干老朋友——但以铁戈当年走动的小小圈子,这本书中详细追述了许多故事,有悲剧,有言笑,有冷场,有饭局,还有,如金石对他的评语:"深藏不露",写出了众人对木心的持久疑惑。

眼下大家都老了。胡铁生、徐永年、潘其鎏,均已故去。其中,潘其鎏是林风眠弟子,五十年代,就是他陪木心走进林先生的画室。其余人呢,譬如金石先生,六十年代末居然在学生家私下演奏,木心听毕,以词相赠,不久竟引出祸端。之后,梅文涛先生亲见木心被迫在单位淘涤阴沟,被认出的木心迅速闪避目光,低下头去……

七十年代中期,当木心尚未被解除监禁、社会上稍许松动的那些日子,就是这群人与木心时相过从,在各自的私宅弄菜聚餐,木心捧来他那些如今挂在美术馆的小画,

深藏不露的人

当年就摊开在某家的床单上，给大家过目。匮乏而压抑的年代，人性、友情，另有一套活跃的密码，运行不息。在铁戈的回忆中，那段日子比起后来相对自由的年代，反倒其乐融融。

初识木心的人，都会看出这位上海绅士不好相与，熟识后，也能体察他在那一时代，必有处处审慎的缘由。如今的上海人如何识面而交往，我不知道，从前的老上海，彼此一打量，便都"心里有数"的。

而"有数"之后的照样往来，如今，便是铁戈这本书。书中人此后再没见过木心——除了徐永年的公子徐星余偕同画家陈巨源于2010年去到乌镇，那时木心已八十三岁——他们远远地惦念他，打听他在域外的行状，传阅他的文集与诗集，他们知道这位老朋友绕过上海，归去老家，不曾知会任何故旧，最后，在报刊与网络上，获知了木心的葬礼。

我也是到木心的葬礼之后，才从他遗物中发现几枚老照片，照片中站着青年与中年意气洋洋的孙牧心，那个与书中人走动交往的家伙——我不明白为什么他生前不肯给我看他自己的旧照，他的故旧可能也不明白：为什么孙牧心一走之后，再不与老友见面。书信联系，倒未绝断，在遗存的信稿中有他和徐永年夫妇的通信，还有写给永年的旧体诗，一改再改，誊抄数次，散在不同的页面中。

他正式归来的前一年，2005年，我曾陪他去乌镇探看接近完工的故居，之后去杭州两天。车近西湖，我提醒他，他望向窗外，轻声道："喔哟，旧情人呀……"随即扭头和我继续说话。以我和木心的常年厮混，我发现他念旧，但不怀旧，他心里存着所有往事和故人，唯管自走向终点，并不回头。

铁戈或许也在书写中试着了解他记忆中的孙牧心。的确，他很难让人忘记，也很难让人明白。这本书总算使爱木心的读者看到另一个版本，一个长期寄身上海，即便在腻友的家宴和欢谈中，仍然"深藏不露"的人。

2019年6月11日写在北京

幽灵的交遇 *

　　米修与木心，相差二十八岁，一在巴黎，一在上海，彼此不知道。1982 年木心抵达纽约，两年后，米修辞世，又二十七年，木心也走了。

　　2016 年，巴黎美术馆弗朗索瓦先生得知木心，于是建议和米修办一个对比展，理由是，他俩都写诗，都画画。

　　画家时或赋诗，诗人而喜爱画画者，西洋人那里并不很少，中国的文人画家，则"诗、书、画"一体，近乎本分。木心并非古典意义上的"文人画家"，但选择他与米修的画比对映照，能否见分殊、有暗合、呈歧异、相呼应，

---

*　2020 年秋，米修与木心展在上海当代艺术博物馆展出。这是木心的画第一次与欧洲人的画联袂展出，也是木心的画第一次在上海露面。此篇是为本次画展的画册所写。文后短句分别选自两位诗人的话，呈现在画展的展墙上。

还须看在策划人的眼光。

我因此钦佩这位弗朗索瓦先生。

亨利·米修是法国二十世纪公认的两位大诗人之一。我孤陋，此前没有读过他的诗作的汉译。木心童年即喜赋诗，晚年成诗数百首，但他见到自己的诗集出版，快要八十岁了，身故后，这才有了与年俱增的读者与诗评。

据说米修在诗人生涯的半途，开始画画，日后，欧陆现代画坛有他一席。木心十八岁入上海美专，立志做画家，但生前从未在母国办过展览，唯一体面的画展，是耶鲁大学美术馆为他主办，其时，他在中国没有画名。

米修不是画圈中人，但身属现代主义精英，曾与毕加索有交谊。其间，他提携来自中国的赵无极，被视为佳话。

赵无极和木心，先后领受留法前辈林风眠的影响。但木心无缘留洋，为时代所桎梏，赴美后，始得逞心快意展开诗画之旅。但不论在纽约或上海，他自外于主流，始终默然独行。

我十二分熟知木心的画作。当米修与他并列编入画册，忽然，我发现，木心的画显得不同了：还是他的气质，他那一套，但米修使木心多了一个维度。

什么维度呢（或许，米修也因此获得一个维度）？

米修自创而失控的符号、滴彩、涂鸦，出自他令人困扰的业余感，论绘画的现代性——倘若有"现代性"这一说——他远胜于木心。他那些有待解读的绘画的"失常"，带着持久的开放性和不确定性，今天，论绘画的纯然自发，米修，看上去甚至比毕加索更前卫。

米修去到亚洲时，自称"野蛮人"（有趣的是，毕加索也曾被约翰·伯格称为"直立的野蛮人"）。早期现代主义时期，"野蛮"一词通常出自厌恶欧洲文明的知识精英。而米修的业余性与他所谓"野蛮"，适可周旋——此中大有深意。我的意思是说，在他画中，雄踞霸权的西方文化，不见了，他成功地使自己出离欧洲艺术的记忆。

是他心仪的"东方"带离他跳脱西方吗？也许是。真正有趣的是，在我看来——当然，出自中国人的眼光——这位"野蛮人"的东方想象使他画出了不折不扣的西方作品，一如早先毕加索取用非洲造型，乃是欧洲绘画的一举刷新。

然而我不会说，米修带来的维度使木心更显得"东方"。相反，欧洲之于木心，约略近似亚洲之于米修。在木心的文学中，他是一位热情到近乎偏执的西方主义者。

被木心称为"文学圣家族"的西方名单，太长了，差不多从古希腊直到十九世纪末的兰波，这份名单或许远过于米修内心储存的"东方"。可惜木心活在闭锁年代，否则他不会放过二十世纪的欧洲人物，其中包括米修。

不像米修有幸游历亚洲，木心从未去过欧罗巴。但他的上百首诗作，写遍欧洲各国，在诗中化身为欧陆的王侯、贵胄、游吟者、浪子，看上去像是没有祖国的人。

然而在木心的绘画世界中，西方性即便偶或显现——例如本次展出的石版抽象画——也变得疏远、隔膜、暧昧。这时，木心与米修的歧异，出现了：在米修的"东方"想象中，欧洲艺术记忆被刻意删除，木心，则始终葆蓄着中国古典绘画的深邃记忆。

他于上世纪七十年代末偷偷制作的三十三幅转印画，虽以江南景致居多，一望而知，那是宋元山水图式的幻化。暮年制作的两百多件微型转印画，呈现他想象中的各国风景，包括北欧与俄罗斯，但半数以上的狭长尺幅，取用中国画长卷的格式。

这会是米修心目中的"东方"美学吗？

而木心从来不是传统意义上的水墨画家——在他心中，那是经已死去的崇高传统——他以硬纸，而不是宣纸，玩弄转印术的淋漓痕迹，包括部分滴彩效果，从中寻觅并组构他的超现实景观，在他的微型景观中，人、社会、历史，全部消失。

为报复他在大陆无法做成的梦，石版画系列是木心仅有的、短暂的抽象实验。而纽约使他看清，抽象画早已过时，他于是浅尝即止。我猜，米修立刻会发现这批石版画的书写性，尤其是带有狂草笔划的图式，来自木心得以恣意妄为的东方基因。

那是米修神往的美学，但他画出他所想象的中国书法，是无须辨认的涂鸦，他对中国书法的精彩解读，完全出于西方人的思维。要是他看到木心肢解狂草而制成的抽象局面，他会怎么想——当然，我也想知道，如果木心看到米修画中被"书法"带动的臆想，将如何看待？

幸运的是，两位极度礼拜对方文化的诗人凭各自的幻觉，画出了这些画——困难在于，为什么，在我看来，如此不同的作品居然在展厅中相安无事，甚至，相得益彰。

他俩不约而同地偏爱纸本，偏爱小尺寸，偏爱单色、墨、水的奇迹，偏爱自发与偶然性。他俩存心不肯在白纸上预先看到最终的图形——在米修，是凭来去无由的笔痕与滴彩，生成画面；在木心，是听任淋漓流淌的水渍，演成景观——那一定是与写诗全然不同的经验。

诡谲的是，这种经验未必全然是绘画的。他俩不是我们见惯的"画家"。

米修，即便在现代主义自称业余的若干天才中——例如毕卡比亚——亦属格外业余的个例，这使他具有令人钦美的优势:极度自发,随机,无意识,他的画因此很难过时。

木心,以我对他的观察,似乎常以诗和哲学的名义——而非高度——俯瞰,或者说,侧视自己的画。绘画之于他,有如逃逸、省略,是轻盈的智力消遣,出于他的神秘的隐衷。

假如不是错觉,我看见一种难以猜透的理由,使他俩用绘画回避诗的世界:我无能解读米修的诗,恕我妄猜:他或许有点不耐烦自己的诗,因而满怀可疑的情热,钻进绘画。

但我确知,木心看不起通常所谓的"画家",在纽约,他曾废止作画至少十五年,全时写作。最后的岁月,他又不声不响回到绘画,聚精会神,以至七十多岁高龄,爬在地上作画。

而在诗中,木心是惜字如命的人,据说米修也是;木心酷爱玩弄字词,据说,米修也是。他以诗人之名问世,中途转向绘画;而木心原初想当画家,其实毕生沉溺于作诗……以我对米修的粗浅的读解,以我和木心的交谊,他俩都是极度狂狷、任性、一意孤行的人。

现在,米修与木心在这里交遇了。

上海是木心向往西方的城市,他在此度过青壮期,历三十六载,直到远赴纽约。日后,广义的西方启示了他,成全了他，但以我所见，西方并未改变他。

上海是米修东方之旅的一站，时在 1933 年，那年木心才六岁。我愿意说，亦如木心，广义的东方很可能重塑了米修，但以我所见，东方也并未改变他。

这就是他俩的传奇。法国还有另一位如米修般涂鸦的人吗？而木心的画，迄今孤立，从未在母国获得具有水准的解读。

在同一个展厅——再次感谢弗朗索瓦先生——我发现，朝向对方的文化，米修与木心各自启动了一场漫长、诚实而精致的误读，这误读，最后，使他俩变为己身所属的文化中仅见的异数，有如幽灵。

2020 年 1 月 2 日 写在乌镇

米修选句

中国人是能工巧匠，不灵巧，便做不了中国人，绝不可能。

中国画以写景为主，突出表现对象的运动、走势，而不是其厚度与质感，也就是说，突出事物的线性。

——《蛮子游亚洲》

一条线遭遇一条线，一条线避开一条线，线的奇遇。

——《线的奇遇》

无法画，仿佛这连续并不存在。需要呈现的正是它。失败。失败。尝试。失败。

——《涌现，再涌现》

无可忍受的斑迹。如果我是一个斑迹主义者，那便是一个不能忍受斑迹的斑迹主义者。

——《真的需要一份宣言吗》

你，永远不要打断做梦的人。他怎会不恨你呢？

——《路标》

变化无穷的文字。

承载它们的纸页：撕碎的空白。

撕除了众多不确定的生命。

抽象化的快感使之演变。

毛笔批准了步伐，纸张方便了转化。

原初的真实、具象，及与之相近的符号，从此便能从容地供人沉思，得以抽象，速度更快，快，只缘在无阻无碍纸上那滑动的奇异走笔。

此乃演变使然，书法是个诱惑。

绝对轻盈是中国人在文字中从随的命运。

像水，像水中最强大和最轻盈的潜能，像水中最不易被感知的幽微，一如水的波纹。水纹一直是中国人研究的课题。

无着无执的表象：水不依附于物，它随时流动，即便在佛教传入中国之前，水就在中国人心中曼声柔语，水，空无形体。

在书法——时间的艺术，线性与奔跑的表达——之中，令人起敬的（除了和谐、活力、控制力之外）是自发态，几近爆破。

平衡。整个语言是一个对称的天地，没有任何语言比中文更美。

书法的调停作用，即达到一致，即悬于半空。

汉语具备这种能力：到处，它为人们提供独创的机会。

每个词散发一种诱惑。

重要的是"恰当"，是"中庸"。

上乘之作，"一气呵成"。

一旦操起笔：写出不见失衡的字，他们内心便又充满了新的平衡，崇高的平衡。

立于书法旁，人更简朴，仿佛依傍一棵树，一块石，一个源泉。

——摘自《米修与中国文化》

木心摘句

我常常是连虚构的方法也是虚构的。

分寸就是力量。

但愿不醉也不醒。

相约天堂地狱，所念人情世故。

土，非中国。中国雅，雅之极也。世界四大文明，中国最雅。

白是绝望之色，亦是超级之色。

黑是吞噬一切之色，是同归于尽之色。

岁月不饶人，我亦未曾饶过岁月。

少年时偶经监狱门前路，阴森可怖，没想到后来会身入其中。

在文学上他是音乐家，在绘画上他是魔术家。

我笔墨，柔弱有骨，无奇之奇，偶称意耳。

遥远的局外

杭州"单向空间"活动发言

大家好：

谢谢诸位记得木心恢复写作三十五周年。我相信，除了文学专家，没人关心作家的写作周年。今天的木心读者略微增多了，但我不认为哪位读者会确凿记得：三十五年前他开始写作，并认为那是重要的事情。

今天借题发挥，发挥什么呢？讲点我和木心的往事吧。如果咱们去掉这三十五年，一起回到1984年，就比较好玩。有话说……在座八零、九零后不会有感觉了，五十岁以上的朋友应该记得，1984年是中国新时期文学的高潮。

倘若我没记错，起于1978年，甚至1977年，后"文革"第一代作家和诗人接连登场。除了三零后的张贤亮，大抵是四零后与五零后：刘心武、路遥、高行健、北岛、芒克、多多、张抗抗、张承志、冯骥才、韩少功、王安忆、梁晓声、贾平凹、史铁生、何立伟、马原、张炜、残雪，等等。

1984年，两位稍稍迟到的作家一鸣惊人：阿城、莫言。我记得，李陀特别以1985年为专题，写了专文，描述以上文学景观。到八十年代末，六零后作家余华、苏童，脱颖而出。以上名单肯定有遗漏，但能在电脑字库中立即找到他们。

除了阿城和王安忆，迄今我几乎没读过新时期文学，只记得1982年出国前，被刘心武的中篇《立体交叉桥》深度震撼，以至从杂志上撕下那篇小说的页张，带到美国。那时，我和阿城做了好朋友，哪想到几年后他将扔出惊人的小说。1983年，我认识了来美访问的王安忆，我与她同届，仅只初中程度，插队落户的知青居然有人写小说，我很惊异，满怀感动读她的长篇《69届初中生》，之后通信十余年，读她的新作，如今她已是祖母级作家了。

以上作家持续出书时，读者可能多于今天的网络粉丝量。西方的关注，紧随其后，欧美各国相继出现他们的译本，随即出现以单个大陆作家作硕博士论文的学者。

大家都会同意，这是断层后的文学景观。断层彼端，从"五四"到四十年代知名老作家、老诗人，到了八十年代，半数过世了，仍在世的茅盾、曹禺、艾青、巴金、冰心、沈从文、张爱玲等，早已很少，或不再创作。我记得巴金写了《随想录》，传诵一时。艾青的公子，画家艾轩，给我念过他父亲写的几首新诗。

夹在两代人之间，还有一位汪曾祺，忽然火起来。再后来，九十年代吧，有位老先生张中行发表了散文集，我非常喜欢。

总之，断层之后，许多封尘很久的名字，成为活的废墟。1980 年，阿城告诉我沈从文和钱锺书的名字，我不知去哪里找他们的书。1983 年我在纽约，有位新认识的朋友递给我一本香港版小说集，封面两个字：《色，戒》，那是我第一次听说张爱玲。

这就是 1984 年，也就是三十五年前的中国大陆文学景观，同时，也是我自己的阅读记忆：我在海外阅读同辈的阿城和王安忆，同时，阅读沈从文和张爱玲将近半个世纪前写的小说——那位借给我张爱玲小说的家伙说，他十四五岁在上海读到张爱玲首批发表的小说，时在 1941 年。他是谁呢，就是孙牧心。

孙牧心是个画家，和我们混在艺术学院留学，数他年龄最大。那时我们必须申请留学才能出国，而在我的上海记忆中，有不少像他那样沧海遗珠式的老侠客，潜藏很深，故事很多。1983 年，纽约的华语报纸忽然发表了他以"木心"为笔名的第一篇散文，我很惊异，就去找他玩。我问他，你从前写的东西呢？他带着狡黠的微笑，说：

没有了呀，全都没有了。

现在想想很奇怪，很好玩：1984 年，我远远听说一大帮同辈人正在闹腾文学，同时，在我眼前，有位老先生刚刚恢复写作。对我来说，二者都是新人，热乎乎的，照木心的说法，像是刚出炉的大饼。我似乎享受着什么秘密，心里想：

嘿，我也认识一个作家，你们不知道！

孙牧心是二零后，在我们这群狼羔子还没出生前，他就写作了。1939 年他十二岁，写了小诗，拿去桐乡刊物发表。1949 年他二十二岁，仍然写作，但不再发表。四十五岁前后他被多次单独关押，居然还敢偷偷写作，幸存六十六页狱中手稿……直到五十六岁出国前，他从未发表一篇文字，一首诗，他绝对不让人知道他在写作。出国后靠画画谋生，决定再不写作了。

后来的故事大家可能知道：1983 年，画家陈英德去看木心的画，听他谈吐不凡，坚持要他恢复写作，于是，照孙牧心的说法，他以文字"粉墨登场"，开始在华语报刊陆续发表文章。为什么他又愿意写了呢？我猜，一是环境换了，二是稿费补贴生活。总之，开了笔，他就收不住了。

很快，台湾文坛知道了他。1984年对他很重要——注意，同样是1984年——诗人痖弦在首期《联合文学》推出了木心的散文专题展，在台湾文学圈轰动一时，但岛内读者此前从未听说过木心。1986年，纽约中报副刊主编曹又芳女士为木心散文开了座谈会，那是老头子唯一一次听取别人谈论他的文学。现在，曹女士，还有与会的台湾作家郭松棻夫妇，都已逝世了。

回到1984年，木心虽然不认识大陆的新作家，但他好奇，我把王安忆的《小鲍庄》给他看。其中描写村里苦婆娘收留个苦孩子，当做亲生，晚上抱着孩子的脚睡觉——木心指着这一段，脸上很感动的样子，说："写得好，写得好，她非常会写！"

我把阿城刚发表的《棋王》给他看，他指着其中一段，写王一生出村时的背影，非常瘦，裤子里空荡荡的好像没有腿，木心容光焕发，做出举杯祝贺的姿势，说："你写信告诉他：一个文学天才诞生了。"我就写信告诉阿城。1986年，阿城来美参加爱荷华写作班，过纽约，住我家，我弄了饭菜，叫来木心，他俩居然谈到凌晨四点。

那夜我们穿着拖鞋，阿城上厕所时，木心忽然很好玩地凑过脸对我说：阿城完全是个书生呀，你看那双脚，十足书生脚。另一次我们吃饭，阿城请木心给他小说提提意见，木心很认真地说："你的《棋王》，我数了，用了一百四十多个'一'字。"

这样的文学批评，阿城和我从未听过。

说起随便哪位作家，木心就拿出一句话，一段文，然后议论。渐渐他从别的渠道阅读大陆新作家，每读一位，都是捻出一两句议论。他能背诵顾城的诗，我不明白为什么他欣赏其中写长江的船帆的句子"裹尸布"，在不同海外作家的饭局中，他好几次完整背出那首诗，啧啧称奇。

而大陆新作家不知道他们的海量读者群里，远远地，有一位老木心。

王安忆，阿城，还有湖南的何立伟，对木心的文章怎么看呢？反应各不相同。1983年王安忆访美，我给她看了木心某篇文字，她很快读过后说：像台湾的七等生。我于是不再给她介绍木心的其他书。何立伟表示惊异，2006年木心的书首次在大陆出版，何立伟特意写了一篇评论，发在《南方周末》。那时找个人评论木心，非常困难，我很感谢他。

阿城，1992年去意大利领受文学奖，在被要求为意大利读者选择的十几位中国小说中，他列入了木心的《芳芳No.4》，并扼要作了介绍，其中一句我记得，大意是：

对中外文学的理解，没人可以和木心比。

但阿城好教养，从没跟我提这事。最近他出了文集，我才读到。上世纪九十年代，他知道我们在上木心的文学课，觉得珍贵，讲席结束后，我们办了所谓"毕业典礼"，风雪天气，阿城自费从加州赶来，行李箱装着自费购置的专业摄像机，全程拍摄我们的最后一次聚会。

很可惜，那盘资料片连同阿城的许多音乐物件，后来失窃了。

我不确定1984年前后的大陆，还有谁听说过木心。在没有伊妹儿（E-mail）和微信的时代，大陆消息都是口传。八十年代，不少旅美港台作家已经能去大陆，带回文坛八卦，其中一位台湾诗人说道：上海某文学编辑（据说是巴金的女儿）读到木心某篇散文，很喜欢，准备用在刊物上，并推荐给当时已经是文化部部长的王蒙看，王蒙说，太小资了。

我不确定以上故事是真的，还是误传。但那位台湾诗人转告了木心——如果没记错，是郑愁予——木心说给我听，而且开心地笑起来，说："我是文学婴儿呀，刚开始写，他就要把我在摇篮里掐死……"我爆笑，木心来劲了，喜滋滋补了一句：

　　顺便把摇篮也掐死。

但这位"文学婴儿"很快爬出摇篮，长大了。大约1988年后，木心不再粉墨登场，不往报刊投稿，开始闷头写难懂的诗。我想：他一年年老了，就这样自说自话逍遥下去，将来谁读他、谁懂他？

他一直是我的麻烦。在纽约，知道他的人大部分不屑一顾，上文学课时，常有讥笑和流言，有些背后说，有些就是我的朋友，当我面嘲笑木心。而木心只顾自己得意，拼命写《巴珑》和《诗经演》之类。1992年阿城来纽约，有天上午我们谈起木心，我说老头子完蛋了，将来他怎么办啊，谁读他？阿城说：你可别这么想。大陆的孩子咕嘟咕嘟冒出来，有像样的教育，读各种书，你怎么知道他们不会懂木心？

又过了十四年，2006年，木心的书终于在大陆出版了。在头一批热情回应的作家中，除了几位我的同代人：孙甘露、小宝、孙郁、岳建一，全是七零后，包括昨天在座的李静。另一位七零后李春阳，日后为《诗经演》做了古文注释，上海还有位七零后女教授马宇辉，为《文学回忆录》的中国古典文学部分，做了校勘与订正……2011年木心逝世，意外的是，上百位陌生的八零后孩子从各地赶来，一声不响站在殡仪馆门口，其中好几位在木心病重期间自行来到医院，守护木心，直到他死。

2012年底，《文学回忆录》出版了，木心的读者出现越来越多的八零后和九零后，我算了一下，当1992年我对阿城说木心完蛋时，大陆的七零后读者大部分还是高中生，八零后读者干脆在幼儿园。如今，以我亲眼所见，木心的读者已出现九零后、零零后。

现在想想，我真佩服阿城的远见。

说起木心在大陆出书，还有故事。他的一位故旧名叫胡塞，胡塞的公子胡钢，与我同代，七十年代和木心相熟，曾与木心一起商量写申诉书，争取平反。

九十年代末，胡钢在上海与严博飞、小宝合伙开季风书店，私下里，胡钢通过他在纽约的哥哥胡澄华转话，再三恳请木心叔叔让他出版木心文集。老头子当时七十多岁了，知道来日无多，同意了。胡钢于是自雇秘书，去香港买全了木心台湾版的书，逐字录入。

大家可能想见，在2000年前后的出版局面，胡钢以个人的力量承受出版十余册文集，包括市场营销，多么猖狂，多么艰难。而木心在大陆不认识任何出版人，更没有丁点知名度，不可能和新作家那样，再获得十年二十年光阴，累积声誉。但胡钢神采奕奕承担了这件事。1998年秋我带着木心的书信首次见胡钢，他带我去他为木心文集租赁的小办公室，桌上堆着全部木心台湾版。

结果，如大家可能预料的，此事搁浅了。木心又默默等了六七年，最后，2006年，是刘瑞琳的"理想国"做了这件事。那年木心七十九岁。

　　今天纪念木心重启写作三十五年，我能提供的便是以上记忆。我以为，这是木心个人的历程，除了年份重合，与新时期中国文学，完全不相干，完全不交集。

　　我们或许可以讨论：木心和新时期文学为什么不交集？这种双向的不交集，意味着什么？我很想知道，过去百年有没有相同的文学个例。"五四"新文学以来，若干作家是冷门的、非主流的、遭遇批判而被长期遗忘的、又重新见光的，譬如民国时期的废名、徐志摩、九月派、七叶派、沈从文、张爱玲，譬如新时期文学中死后才被关注的海子、王小波……

　　海峡对岸的作家，因政治和地域关系而与大陆文坛长期隔阂的，另有一群资深作家，譬如姜贵、朱西甯、洛夫、向明、罗门、蓉子、管管、痖弦、郑愁予、王文兴、七等生、司马中原、郭松棻……

　　木心的行状，和以上作家都不一样。

　　从彼岸的语境看，这些台湾作家享有长期的岛内声誉，很早便在对岸的文学史名单中，木心虽曾在宝岛名噪一时，但他是外人，未被归入台湾作家，如今台湾作家仍将他视为此岸出去的人。再者，他也不会被视为海外华人作家，他暮年回到了大陆的故乡。

从此岸的语境看，木心的文学从未被批判，因为他从未见光，他的才能没被埋没，因为他不在文坛。最后的岁月，他获得小小关注，人听说他，未必读他。他归来时七十九岁，却不能算老作家，而是不折不扣的新作家，因为他密集的写作期，和新时期文学同时发生。

因此，木心的孤绝、局外，不全是外界和历史的缘故，而是，如果我没说错的话，出于他自己的选择。这一选择，非常明确，固执，而且持久。他没有寄过一份稿子给此岸。自从三十五年前恢复写作，他就决定完整地、彻底地，仅仅做他自己，在名分上保持"一个人"。我清楚地知道，他抱着简单的一念：决不和大家混在一起。

但他暮年放弃了他的固执，低下头来，妥协了。他对什么妥协？母语，还有读者。他知道，母语写作的读者群是在母国。所以，只有一件事，再寻常不过的一件事，使木心和所有以上作家完全交集，就是，他用中文写作。

我不想细说木心个人的长期困境。这是许多作家，包括世界文豪遭遇过的故事。我感兴趣的是，他的故事正像他的文风，始终保持他的独一性。他的困境，或者说，他的固执的选择，来自美学立场，来自他的性格。

性格即命运。木心说："命运很精致。"1983年他恢复写作，是命运，也是性格。他被剥夺了大好年华，是他的命运，晚年又拿起笔来，还是他的性格。而他迟至2006年，在他七十九岁时才在大陆出书，则并非全是命运，仍然出于性格，我想说，"性格更精致"：大家可能会同意，只要他愿意跟这边混，他并非不能在上世纪八九十年代推出他的书。

但我完全无法想象和"大家"混在一起的木心。他的孤绝、自守、远离文坛，有时会令人想起张爱玲。然而张爱玲早获声名，后来远走，不露面，但她从来知道，无数"张迷"远远等着她。

木心不同。他短期获得台湾的读者，但他不去台湾，与读者不交集。2006年在大陆出书后，他从未出席签售，一再婉拒北京读者的邀请。除了和个别去找他的青年闲聊，他在乌镇和他在纽约差不多，一年到头坐在椅子上抽烟。

这是一个难弄的老头子。在最后时刻的胡言乱语中，他望着天花板，忽然喃喃说了四句没头没尾的话：

不是不要，在乎要法，与其要法，不如不要。

他从未与我说过这些意思，直到病糊涂了，才自言自语说了出来，显然是对自己的交代。我猜了很久，明白了：所谓"要"，是指荣誉和声名，所谓"要法"，是指获得荣誉的方式，以及，哪种荣誉。大家知道，在我们的文化世面有哪些荣誉，如何"要法"，于是，木心说："与其要法，不如不要。"

我重视这四句话。以我熟知的木心，精明，透彻，老练，同时，常年不安。他非常真实。他不追求声誉，但不掩饰他渴望声誉，他甘于寂寞，但不标榜清高。近年，不少读者和评家渲染他的淡泊，隐匿，超然世外，那是误解。对我来说，他渴望，但是拒绝，他拒绝，同时渴望，那才是木心之所以是木心。

从"不是不要"到"不如不要"，木心死掉了。熟悉木心的读者可能会记得他自撰的对子：

此心有一泛泛浮名所幸私愿已了

彼岸无双草草逸笔唯叹壮志未酬

我猜，他最后的"私愿"是在大陆出书。而他的"壮志"，好大呀，对着厚厚的世界著名长篇小说，他会一脸的羞愧和认怂。我难以得知，他内心对自己失去的岁月如何抱憾，这是我们这代幸运儿无法理解的抱憾。

这次活动的主标题，是"回到文学"。这句话指什么呢？浅层的意思，也许指木心恢复写作，深层的意思呢？我常听木心说起某篇小说，某种写法，断然说道："不是文学。"怎样的算是文学，怎样的不算文学，可以永远争论下去。木心死后，有个青年女粉丝问一位非常非常著名的、与我同代的诗人，怎么看木心的诗，那位诗人说："哦，木心的诗还没入门。"

是的，每一位文学家、艺术家，都有内心的标准，都很骄傲。我所见过的最骄傲的人，是孙牧心。因为我目击他为他的骄傲付了什么代价，付了多久的代价。同时，我也目击他的心虚，并为此折磨，不过他有他的方式，缓解这种折磨。由于长期没有声誉，听不到回声，他自己做自己的评判者，同时，为自己辩护。

他的自我评判，他的辩护词，部分，我忘记了，部分，我不愿说。暮年，他好几次对我说起一句欧洲人说的话——我知道，他又在练习如何评判自己，为自己辩护——我记得是丹麦人勃兰兑斯说尼采的：

　　重要的不是他做了什么，而是，他是什么。

2019 年 8 月

242

过河拆桥

杭州"单向空间"活动发言

大家好：

我还是不很相信在座都会读木心的书,能否举手?（许多人举手）请问杭州师范大学外语系的袁亚琴女士在不在? 据说她下午还在的。

最近七八年,许多研究生、博士生研究木心,这是我今晚知道的新名字。浙江大学许志强教授刚才跟我说,这位袁女士是邓先生的学生,以木心最难读的《诗经演》做了论文。

今天我要讲一个事先没和主办方说的话题:我这是最后一次参加木心纪念的活动。

稍微回顾十四年来的变化,我要感谢一堆人。两位今天在:孙甘露先生,许志强先生。十四年前,木心第一批简中版著作面世，没几个人听说过他，我不得已，自己出面发言，介绍木心。当然，立刻遭到普遍的质疑：你是个托儿，你为自己老师叫卖。

那年，南方北方，不出十个文学人愿意评价木心。最早是在网络上推介木心的陈村先生，接着是浙大许志强先生，兰州的牛陇菲先生，上海的陈子善先生、孙甘露先生、小宝先生、顾文豪先生，北京呢，是人大文学院院长孙郁先生，老记者岳建一先生，七零后作家李静女士，学者李春阳女士。更早，还有长沙的作家何立伟先生。

为什么我记得这个时刻？因为我不是文学家，没有资格对外介绍木心，说，这是了不起的文学家。虽然我有恶名在外，但要让庞大的读者群——不敢说是文学圈——认同，非常困难的。

但我没有选择，木心就我这个能出面的朋友。照他的话说，哈姆雷特有个贺拉修，跑腿做事，我就是他的贺拉修。2006年初夏，木心还在纽约，我要为他的书要上法场了，这时，愿意陪我上法场的人——就是刚才说的几位——非常珍贵！

过了五年，老头子死了，以上哥们全都赶来参加葬礼。

再推前，"理想国"刘瑞琳、乌镇陈向宏，都顶着质疑和压力，给老头子出书，养老，这些故事，大家都知道了。

木心葬礼那天，一百个左右年轻人赶来，葬礼后，追思会上，年轻人要我出《文学回忆录》。这些故事，大家也都知道了。

好像是2014年，上海图书馆专场谈《文学回忆录》，甘露安排的场子，嘉宾中有位哥们儿：浙江大学的张德明教授，教了三十多年世界文学史，看了《文学回忆录》。我说你愿意来吗，他说来。当他看到全场一千多人坐满了，说了句经典的话，他说：

> 木心要是看到这个现场，会说"不是这样的，不是这样的"。

我非常同意，他真是懂木心的。今天我要退出，可以说，来自这句话。

总之，木心因为刘瑞琳，有了出版；因为陈向宏，有了晚年，有了美术馆。木心过世后，我变成"理想国"和乌镇的贺拉修。

为什么这时我要退开呢？第一，不需要到处介绍他了，第二，事情比我想象的走得更远。平均每年我会收到五到十人写信，说他们在做木心专题研究。评论木心的文章，越来越多。许志强先生就是例子，精彩到位，他从2012

年开始在课上教木心，至今教了七八届学生了。

所以我得退开了，让这件事自己发生，自己走。

我要告诉大家，在我记忆中，老头子不是诸位想象的那个木心，我俩的关系也不是外界传说的所谓师生关系。木心从来不喜欢我的画，我也不太懂他的文学。我写了书，根本不给他看——我们到底什么关系呢，就是在纽约游荡的"老盲流"和"小盲流"，一路这样过来。回国后，我装成他是我的老师，招引大家注意，但我和他就是哈姆雷特和贺拉修的关系。

我的《张岪与木心》，都是回忆他这个人，他的文学，我不评论。我更不懂诗。2015 年木心美术馆开馆，我写了很长的文章谈论他的绘画，好歹我是个画家，回避不了，总要讲讲，但那篇文章还是在说他这个人。

现在大家应该明白了。如果明年还有活动，我愿意在下面听。但是好多人过来听我讲木心，我想这是最后一次。

七八年来我公开只做两件事，一个是木心美术馆，一个是"理想国"让我做《局部》。我终于有资格说，我老了，快七十岁了，我得为自己着想。

当然，这不是主要原因。主要原因是：木心的好，不是靠陈丹青才有，如果有谁这样想，我会郑重告诉他，木心好，是因为木心好，不是因为他身边有一个我。大家说木心很幸运遇到你，不，是我幸运遇到木心。我再也无法遇到一个叫木心的人，跟他玩二十九年，做他的贺拉修。

现在，木心不需要贺拉修操心了。过去，我可能是读者通向他的一个桥梁，现在我得"过河拆桥"。木心喜欢玩儿彼岸、此岸，我不要拦在当中。我是认真的，请书店谅解，以后再找，我有言在先：过河拆桥。

但木心美术馆的事，我得做，这是老头子与陈向宏同时委托的。外面的场子，不再去了，美术馆场合，我还是得谈到木心。如今有了非常好的团队，一帮忠心耿耿的孩子，美术馆的事会接着做下去。

2020 年 8 月 22 日

秀才与文章

　　天下文章在浙江，浙江文章在乌镇。

　　乌镇文章孙璞好，我替孙璞改文章。

　　以上戏言，如今恐怕失传了。小时候听三外公和舅舅说着逗趣，半懂不懂，记住了。我的母系的亲戚，分布宁波、慈溪、杭州，其中没出过文人，却能随口背诵，相顾嬉笑，可见当年流行之广。理由呢？三外公说，从前浙地多文人，个个自夸，互相看不起，便有了这么四句。

　　注意：起始句固定不变，第二句，浙江境内的地名镇名，随你改，第三句，任何坐你对面的家伙均可抬举，因等着第四句："我替某某改文章。"

近日拜读直指木心"抄袭"的文章，忽而笑了，想起这四句，抄下呈堂——网络之"堂"——地名变成"乌镇"，人名易为"孙璞"，"我"，专指木心。

为什么这个"我"是木心呢？请诸位稍候。

初遇木心那年，我俩时常聊得昏天黑地，某日说起这四句，他好开心，而且惊异："咦！侬倒晓得这种事体，蛮好蛮好。"从此在纽约总算有个人跟他闲聊浙人浙事了。我问：鲁迅被骂"绍兴师爷"究竟怎么回事？他脸色一正："喔哟，从前师爷厉害！"怎么个厉害法？"改状纸。"怎么改法呢，他想了想："譬如'用刀杀人'，师爷只改一划，变成'甩'字——你看看，性质马上两样了呀！"说时，他装出狠毒的表情，活像我的浙江老亲戚。

但我不很信。单改一划，这诉讼岂不太便宜了，显然这段子也是木心从祖辈听来，到他幼年，浙地应该没这等师爷了吧。

回到"抄袭"案。文学网民今次小规模哗然，那是肯定，其中有一标题党指名催我回应，念及春节前后的讯息波澜：丰县铁链女、冬奥谷爱凌、乌克兰危机、俄罗斯陈兵……我要是为这类小把戏出头辩难，多难为情啊。

不过书生圈的茶杯风波，"抄袭"要是算吓人的污名，弄不死你，足够恶心：这回轮到木心了。有位网民留言欢呼，我一看，居然跟着兴奋了好几秒：

"老帮菜终于翻车啦！"

论岁数，我才是"老帮菜"，木心死了整十年，得另想个诨名赏给他。他招人惦记，我知道，年初他的遗稿刚刚面世，我就想：这次会惹上哪出戏呢——哇，"抄袭"！

可是老人已死，我怎么办呢，想半天，决定再添些我所知道的边角料（说是"罪状"，也可以）博围观者一笑。什么料呢？就是以上打油诗第四句。

木心喜欢改文章，遇到名家名作的文句和修辞，尤其喜欢改。

这是他的癖好，没法解释——你想学？你试试看——可解者，或许是浙地文人的千年基因吧，不然别的省份何以不听见那四句戏言呢？下面就我记得的事例，说说木心的癖好——也许是"恶习"吧。

大家熟悉的木心的俳句、短语，多半是聊天中脱口而出，略添数字，事后记录成句。读者经已看惯他常取前人的句子，添二三字，以为游戏。我总记得的一例是："谈虎色变虎也惊，骑虎难下虎也怨。"

另一戏法是不改句子，只作字词调换。读者或已听说以下的例："木心，你样样好，就是没有群众观点。"他带着认怂的笑，随口说："群众没有观点。"

他总能让各种旧句子，意思一新。"有时，人生还不如波德莱尔的一行诗"，芥川这句，他激赏，取来原句，跟着写道："有时，波德莱尔不如一碗馄饨。"年轻时浦东教书的心境给这么一用，辛辣而戏谑，芥川句，忽而显得旧了。

他还有个戏法，是取古语和白话炼成一句，进入诗，譬如：

忆儿时养蚕，蚕蚕而不蚕于蚕的样子。

我不记得出处，却喜欢它音节好听，感佩，而且享受古文的句式。这种句式给他一用，"养蚕"，尤其是"儿时"，被说出来了。有谁能把"儿时"的感觉用古语说出来吗——"蚕蚕而不蚕于蚕"，句末还跟着三个白话口语字——"的样子"，这么一弄，生硬吗？伤害了古语句式吗？我以为没有，很舒服，很随意，而且很摩登。

当然，我不懂文学，可敬的秀才若以为那是胡闹，我没意见。

另一种表现，不是游戏，近乎卢女士所谓的"文本再生"：读到经典小说、文章、书信，木心会忍不住择其片段，弄成诗。陀思妥耶夫斯基临刑获赦，登程流放，给哥哥写的那封书信，木心感动得要死，取这信的某段，写成诗。九十年代初，有一阵他想入手长篇，我借他托尔斯泰的《复活》，逗逗他，他选了其中几段，写成短诗，题曰《帝俄的七月》《库兹明斯科一夜》，剔除了汉译中累赘拖沓的字词，分了行，自以为诗。

我俩初识那阵，有一回他在我寓中捡起鲁迅的《坟》，翻到《春末闲谈》，默读第一段，抬头道："你看你看，五四那批人，只有鲁迅会拿了句子来回白相。"说时，十指交叉搅动，做"白相"状。他佩服张爱玲，我借他《秧歌》，他才读篇首，就沿着字句指点着（似乎是"的""地""了""吗"之类），转脸问我：要是拿掉这几个字，多好！

随便读到什么经典，木心已在心里改动。那年我在上海买到《枕草子》，回纽约借他看，猜他会手痒改动，果然，下次见，他摊开稿纸，工整抄了几段清少纳言。比对原文，我一时看不出改动，他就指说动了哪几个字，删了哪几个字——他敬惜原文，从不大改，只不着痕迹小弄弄——随即一脸吃醋相，叹道：

"伊这种味道，学不像，弄来弄去，到底弗及伊。"

他改动的明人句，周作人句，出书后附原文，坐等高明的读者，但改动清少纳言的段落不见于日后的集子，显然他不满意。

他也偶尔凑对子，譬如"张之洞中熊十力"，喜滋滋拿给我看，还有个对子取"柳下惠"三字，原句怎么凑，想不起来了。和鲁迅一样，木心不喜旧诗，偶然写写，写了，就不免"用典"，但有时很猖狂，拿来整部古诗做"典"用，弄成后，仿佛全篇是"典"，《诗经演》就是例子。

以上都是我亲见的实例——"虎也惊""虎也怨""群众没有观点"……被他一动，意象突增，意思大变，维度被豁然打开，我会就此忘了原句，因为增减之后，句句盖了"木心"的印戳。

真的，我对著名词语和经典文本的看法，也因此被他改变，每读到好词，好意思，好文章，会忍不住猜老家伙怎样动它。他对所有既成的文本（包括他自己的），都不满意，都想改。他永远动态地看待早经完成的作品，包括遥远的《诗经》。

一时没什么好弄，他就看《康熙字典》，说是坐马桶上看。这时，他放下耶稣、尼采、卡夫卡，不再动辄"世界性"，变回江南的文人——孙璞长大了，变成牧心，牧心老了，有个木心替他改文章：其实老头子顶热衷的活计，是给他自己改稿子。

八十年代初写成《哥伦比亚的倒影》，木心挺着腰背，得意极了，九十年代却忧心忡忡对我说："还是不行，要分行，弄成诗，那才好哩！"我使劲劝他别弄，不记得后来怎样。1987 年我俩去普林斯顿参加巫鸿婚礼，不久，木心写成散文《普林斯顿的夏天》，在《中国时报》刊出了，多年后，不晓得怎么一来，被他改成诗。另有一篇大散文《浮士德的呵欠》，长篇大论写景物，"蝴蝶忽高忽低……"，也在报上发了，我很喜欢，结果也被改成诗，易名《魏玛早春》。

小改动那就太多了，一个句子，一个字，忽然就电话打来，说是改了，念给我听："适意吗？适意吗？幸亏改了，好多了！""适意"，沪语即"舒服""享受"之意。我看他有时改得好，有时未必。但在他看来，所有初稿"简直是闯祸"。及后我也偷偷写作，渐渐明白他所谓的"闯祸"。

我写过的一句话，也曾被木心拿去用了。1984 年巫鸿给我在哈佛"亚当斯阁"（木心译成如此）办展，兼带商量怎样给木心办。那天入住亚当斯阁招待所——巫鸿说木心来时也将住在这里——深夜给老头子写信，形容那小小的单间，信末我写道："每只抽屉都是空的，下一个是你。"

回纽约见木心，他开门站定，容光焕发："丹青啊，有句话等下怕要忘记，赶快告诉你：你信上这句好，'每只抽屉都是空的'，这是文学呀！"那时他还不到六十岁，好高兴、好郑重，站在门口说。

忘了两年还是三年后，他还记得那句话，说是要用在他的诗里，特意来电话："照规矩要说一声的，可以吗？"我当然开心。结果用在哪篇呢，长诗《普林斯顿的夏夜》，配着他的上下文，变成单独一行。近时翻看大陆版，诗名又被改了，变成《夏夜的精灵》，查找"抽屉……"那句，似乎不见了，我好失落。

是的，他喜欢借句子，改句子，将名句缩短或拉长。倘若他有范仲淹或帕斯卡的电话号码，他也会"照规矩说一声"，但以我读过的"互文"写作，古人或西洋人从不注释。这类文字风流一经挑明，还剩什么滋味呢？

网友们关于"文本再生"的讨论，选择了更多木心文本，认真比对，颇有礼貌，列举了不少古今中外的公案。然而"引文""戏仿""变奏""熔裁""间性""互文性"（后现代绘画另有一说，叫做"挪用"）……都是二十世纪文界学界的常识，更是中国古典诗词的老把戏，此刻扛出来为木心辩，谁听？谁认账？

是以几位朋友警告我："切勿回应。"

这道理我懂，但大家别忘了乌镇。乌镇子弟请回本乡的孙璞，养老送终，盖了美术馆，纪念馆，忽然听说"木心抄袭"，他们去问谁？又去信谁？乡亲们并不在文界混，这当口，我该锁屋里抽自己的烟，狠心不吱声吗？

当然，吱声也没用。好在木心死了，死前写了这样的句子：

> 去吧，去吧，我的书，你们从今入世，凶多吉少。

哼！木心哎，你了解当今之"世"吗？"凶多吉少"，你知道是哪种"凶"吗？诗作中，遗稿中，木心自以为早给他的"互文"设了伏笔，还相信日后有所谓"诗国法庭"——有时我拿他的天真，无可奈何——老话说："秀才遇见兵，有理说不清。"今日大不然，看见吗？给一些"高等学府的高等秀才"一过眼、一审批：呔！孙木心，你犯了法哩。

谢天谢地，好在孙璞走了，由我兜着吧。怎么兜法呢？其实我也没办法。现如今有些"学院的秀才"一旦义正辞严，加上网络威猛，网友围观，任谁都没办法。

我也算半个浙人，临了也来改改从前的句子（同样带着认怂的笑），叫做：

> 文章遇秀才，有理说不清。

2022 年 2 月 22 日

关于木心美术馆

木心美术馆 2015 年开展馆现场

参观的节拍

答北京画院吴洪亮问

最难策划的就是一座美术馆的开馆展览。因为要体现办馆理念。请您谈谈这三个展览（是否也可以同时谈谈本次没有呈现、而未来要做的那个与宗教有关的展览），以及它们的内在逻辑。

我没做过美术馆，不知"开馆展"难。美术馆交付布展后，最伤脑筋的是木心几个馆如何弄出来，"开馆展"去年就定了，才想几分钟，就明确了三项。

如果你读过几页木心，就知道他毕生惦记逾百位中外古今大人物，持续议论其中数十位。现在他死了，我忽然想：请他热爱的大人物来乌镇陪木心玩玩吧。

我不清楚这是否算本馆"理念"。我首先想到林风眠——《新约》的记述者，还有尼采。

林风眠是木心绘画生涯唯一的师承与交谊（他很少提及上海美专老校长刘海粟）；四福音书，则是木心受其汉译影响的文本（同样，似乎没有哪位中国现代作家自称领受圣经汉译的语言遗泽）。尼采进入中国逾百年，影响几代人。八五新潮的年轻英雄都读尼采，木心在他们尚未出生时就熟读了，直到逝世前，他仍在写对尼采的种种感想。

我猜木心想不到尼采会来看他，想不到他1950年交往的林风眠先生的画，六十五年后会与他的画挂在一起。当我把这对师生的生卒年放到墙面，想到这两位毕生远避政治的画家，都有过牢狱之灾。

今后只要国外相关机构支持，只要我能弄到经费（并不很多，远低于北上广当代美术馆的单项策展经费），许多大师（木心称之为"精神亲属"）可能会来乌镇与木心坐坐。

其实策展人是木心自己。他的内心历程，精神背景，画画的趣味源，早已预备了我想策划的特展。我熟知他的谱系，他会乐意由我替他玩这些小把戏。

您是好馆长，谢谢留意本次"开馆展"。德国人也敏感，当琉姆堡尼采文献档案中心打包装运时，电视台立即采访报道，告诉德国人民：尼采要去中国了，之后，又对该中心主任艾岑伯格做了第二次漫长的采访，为时一天一夜。他们知道这才是文化交流。

艾岑伯格来到乌镇后，惊呆了，仅仅两个月前，德国人根本不知道尼采进入中国早于马克思，不知道中国几代文人阅读尼采，不知道单是《查拉图斯特拉如是说》就有二十三个汉语译本。

国内媒体不会留意这件事。尼采展与《新约》展出现在乌镇景区，确实有点超现实。现实是什么呢？早在抗战期间，七十多年前，十四岁的木心就和一位十五岁的湖州女孩通信五年，谈论并争辩《新约》《旧约》的文学性。

您说木心还不是"名人"（虽然我在这两天的参观中，感到他应该在中国文化史中占有特殊的地位），那么，您将如何让大家了解木心先生以及他的艺术呢？

国内耳熟能详的几代名作家、名画家，木心不在其中。木心逝世后，"粉丝"（我讨厌这个词）渐渐多了，但仍是小众里的小众。去年木心纪念馆开放后，旅游人群经过，瞧见标识，百分之百会问："谁是木心？"

是的，他很"特殊"，但不是"地位"，而是他这个人。现在美术馆建成了，老远看见"木心美术馆"几个字，或许便是"名"吧。人会认同某幢建筑及其命名,会想:"哦,这个人有座美术馆。"

我没想过如何让"大家"了解木心。想了解的人,没有美术馆也会找木心,无意了解的人,说也没用。我扛下这件事,一,为了木心,二,为了乌镇。家乡子弟诚心诚意为老头子造了美术馆,这是动人的事情。

当然,木心也给了乌镇机会——天晓得他为什么正好是乌镇人?

这座美术馆无论是外部形象(水上的方盒子),还是内部空间建构(公共空间与展厅的关系,一个展厅与另一个展厅的衔接),建筑内外材质的选用(清水水泥压成的木纹墙体与木质、金属材料的对接),展陈的设计(作品与文献的比例关系,展柜的尺度与造型的拿捏,都很精准。还有木心照片的运用,很有浓度),流线的把握(在参观时,我一直仿佛踩着某种节拍在游走),都令人耳目一新,可否谈谈?

感谢老友刘丹介绍了设计师冈本博与林兵。也感谢乌镇对他们的全程信任。他们与师父贝聿铭合伙干了多哈的伊斯兰博物馆与苏州博物馆后,自组公司,头一件大项目就是木心美术馆，材质、用料、尺度、流线……当然用了心思，果然，还没开馆就得了外面的什么奖。我只是在一切就绪后，协助布展，把老头子的作品填进去。

我非常喜欢那个由木心先生文章中提到的中外艺术家形象与书籍构成的阶梯式图书馆，请您聊聊这个图书馆的构思？

这也是他们的思路。他们接了活儿，立即明白木心不仅是个画家，还是个诗人、文学家、音乐家。他们做了功课，知道乌镇的昭明太子读书碑，知道木心幼年在茅盾书屋读书，知道文学如何塑造了这位画家。这是有文化的设计师。

木心和我并未嘱咐他们要弄个图书阅览室，但他们一开始就纳入设计。乌镇陈向宏对美术馆最在意的单项，也是图书馆，他要美术馆是个教育场所，他坚持观众必须被允许翻阅图书，关照让中小学生免费参观。

不过我不太相信会起作用。被教材、被手机讯息占满的孩子们，或许有千分之一迷恋读书。眼下姑且将美术馆看作是千分之一的利用率吧。

所有的观众都会被您选用的木心先生的文字所感动，

那些只言片语如同烛光点点，不仅照亮了黑暗中的展厅，也点燃了观者的心绪。想听听您的想法。

美术馆的叙述文本和风格，木心早预备好了，我只是筛选，并听从室内设计师法比安的建议：以少胜多。木心晚年的小朋友：匡文兵、小代，用四个月清理摘录大量遗稿，择数百条语录，我不断删减，选出目前的数十句。

选择美术馆墙语，很有趣，也很难。要能精确，可读，有针对性，又有开放性，是醒辟的箴言，又是叙家常——木心的词语正好如此，但我无法告诉你为什么选了这些，也无法告诉你这些话为什么好。

譬如那句"空白的本子 精美的钢笔 我的写作欲望。"多少文学家声称写作是为了民族、革命、弱小者、记忆、爱……可木心的理由只是纸和笔。这是大实话，也是大有深意的话。

木心是位哲人、作家、画家，因此这座美术馆恐怕和其他只展现视觉艺术的馆会不同。我也知道您在开馆活动中，安排尼采诗歌的朗诵环节，请谈谈今后咱们馆的活动，以及会有哪些持续性的公共艺术项目？

木心话语方式构成的叙述，区别于他人，区别于别的美术馆。馆主决定一个馆的风格与基调。执行人——目前是我——把握这种格调的清晰感，实现为美术馆效果。

欧美许多特展给我启示，策展人隐身于作者背后，处处拿捏分寸感。朋友们感谢我为木心做这些事，其实正相反：是木心给了我这些高尚的机会。目前的呈现，我得说，确实像我熟识的木心。

但朗诵会可不是我的主意。它来自魏玛尼采学院院长史密斯的建议。他曾导演过尼采与莎乐美的一场"情景朗诵"，配有尼采作曲的钢琴演奏，巡演比利时等国。我当然乐于接受，为此美术馆特意买了钢琴（临老的木心曾希望有架钢琴让他摸摸，我没做到，他就走了），开幕当晚，观众听到了尼采的曲子，介于肖邦和舒曼之间，典型十九世纪中后期的浪漫美学。

木心美术馆刚诞生，慢慢来，我的性格是"临时起意"，心里有不少策展计划，但未必都能做，眼下也不宜说。

但我不确知美术馆的"公共艺术项目"是指什么？我们真有一种合格的、良性的、有所期待、敏于回应的"公共空间"吗？我听说或目击的公共项目，大致是内部假想的、小圈子的，或者，主事者满抱善意，效果微乎其微。若干蛮有意思的特展，公众不是参与不参与的问题，而是根本不知道，不在乎。

单说木心美术馆馆员吧，本地没有一位青年曾经进过美术馆。我相信，眼下进馆的大部分观众（也就是游客）可能从未进过美术馆，赶巧碰上，进来看看——他们都是公众啊。

直说吧，我不考虑"公共"这个词。要发生的自会发生，不发生，那就活该不发生。我只求把美术馆做好，把特展做好。

研究是美术馆展览的基础，贵馆如何建立以木心先生为中心的研究、展览体系？也想请您谈谈未来五年，木心美术馆的展览规划。

说来您或许不信：我不知道什么叫做"研究"，尤其是，什么叫做美术馆展览的研究。

如果研究是指整理资料，建立档案，我们已在着手做；如果"研究"是指出版年刊、办学术活动，我可能会装装样子，弄几回，表示美术馆没闲着。但想到这些就很茫然：我所参加过的"研究性"活动，我所读过的美术馆文本，一丁点印象都没有了。我从未因此更聪明，更知道怎样弄一座美术馆。

目前我做的事，并非"研究"——木心从没用过"研究"这个词——而是，说句乖张的话：是在玩。只是尽可能玩得恭谨。尼采展除了商借文献，我请助手搜索了王国维、蔡元培、胡适、鲁迅、徐梵澄、林语堂等人谈论尼采的文本，又选择了木心谈尼采的段落，二者都由一位旅居英国的上海女学者胡明媛严格英译。但您相信吗？我从未读完十页尼采，从未通读《圣经》，我熟读托尔斯泰和陀思妥耶夫斯基，但读不进莎士比亚和卡夫卡。我谈不上是木心的学生，我从没打算阅读他所瞩目的书，读了也未必懂。

我做事跟随直觉。直觉告诉我，老子、庄子、屈原、司马迁、陶渊明、曹雪芹的特展，值得一办，这是木心说了又说的人物，还有他敬仰的北宋画家……但哪里去找文献与真迹？向国家博物馆借张纸片，比向魏玛当局借文献，艰难百倍。

真的，我从未研究过、弄懂过任何艺术家，包括木心。我的绘画趣味和木心南辕北辙。我策划林风眠展，背后的意图是确认文脉，确认上海美专、杭州艺专与北平艺专的长期对立。我迷恋的是以美术馆的方式，亦即：观看的方式，呈现历史。当我眼瞧林风眠和木心的画挂在一起，那是雄辩的，是影响与反影响的证据，十篇博士论文也难理清。

目前几座民国老美院的史料，极其有限，大部缺失。

就算找到了，谁感兴趣？这次弄来杭州艺专的校歌，歌词是五四文化激进主义的绝妙阐释，激昂而幼稚，可笑可怜，完全被遗忘了……可是八零、九零后的考试孩子们有兴趣读吗？读了，会有感知吗？他们对上海美专、杭州艺专，一无所知。

美术这摊还是小菜。整个百年文脉一笔糊涂账，如何研究？

我今天在木心美术馆的礼品店逗留了许久，无论是图书还是衍生品，对于一个新馆都可谓丰富，咖啡厅的环境也很出人意料，请您谈谈礼品店、咖啡厅与美术馆的关系。

谢谢您鼓励。礼品店及礼品，不太糟，以我的要求，还是差强人意。为了开馆，我顾不上。咖啡馆由乌镇宾馆团队包了，这是本馆的优势：背后有个高品质服务与管理的乌镇。

你看了咖啡馆菜单吗？尾页印着木心的诗《咖啡弥撒》，历数世界各国咖啡的性格，最后忽然说，他还是喜欢喝茶。这是小小的妙趣，他写时，怎么也想不到会用在他未来的美术馆咖啡厅菜单上。

但目前礼品部和咖啡馆的品质，远远配不上木心，还得改善提升。菜单印制很差，纸也很差。

开馆之后，如何建立两层关系？一是美术馆与乌镇当地普通观众的关系，再就是与各地的游客、木心的粉丝的关系？我还发现木心美术馆在乌镇的旅游区内，它在其中会起到什么作用？木心故居纪念馆与美术馆分属两区，如何互动？

说实话，我没想过这"两层"关系，我也不很关心纪念馆和美术馆的互动。一个馆开放了，每个走进去的人会以自己的方式和这个馆发生关系，或者，毫无关系，我能导引、控制、改变这种状况么？我做不到。

做一个馆，画一幅画，其实一样。你得弄好它。即便没人进去，没人看，也得弄好它。

一个策展人想实现他最初的想法，常要做许多行政性的工作，公共关系的建构，尤其是借展品、协调与当地政府、文化部门的关系，您是如何做的？

木心美术馆的劣势，是不在北上广，而乌镇给了美术馆优势：陈向宏的乌镇团队几乎不过问我和设计师的工作，但承揽了无数行政工作：保安、馆员、清洁、开幕式、嘉宾接待，还有维持美术馆日常运营的费用。

没有乌镇，没有乌镇这十多年的巨变，我不可能为木心做任何事。木心回乡定居，直到去世，向宏说：我们全体认了一位爷爷。这是动人的事。我目击了这件事的全过程，有幸成为这一过程的参与者和受惠者。

异端的聚会

你的开馆展选择林风眠展，容易理解，为什么选择尼采展，而不是陀思妥耶夫斯基？在《文学回忆录》里，明显看出木心对陀氏的尊崇。

木心说过一句话：尼采是左括号，陀思妥耶夫斯基是右括号，凡是能进入括号之间的一长串文学家，都被他看做是精神上的"圣家族"。

陀氏是文学家，但他的向度、影响面，与尼采比较，还是不一样。木心把陀氏放在俄罗斯文学里介绍，但70%的课目中，他随时提到尼采，尼采在他的讲述中是个笼罩性的人物，所以我选择了尼采。

尼采在中国的影响是贯穿性的，从他刚开始被介绍进来（据说第一个是茅盾译本，1919 年出版），快一百年了。我在展厅墙上列出了王国维、蔡元培、郭沫若、李大钊、胡适、茅盾、徐梵澄、鲁迅、周作人等关于尼采的论说，再加上木心谈论尼采，可是我不容易理出中国人谈论陀氏的名单。

木心曾这么说过尼采，大意是大家看到的多是尼采唐吉诃德的一面，但是他偏爱的是尼采哈姆雷特的一面。

这句话是他对尼采的俯瞰、透视。他还说过，尼采死得太早，没有晚境。当他这么说时，有点像个老人在说自己的弟弟。

我大胆猜度，我们每个人都是在根据自己的经验看待世界、周遭和别人，而木心在某种程度上，也是一个哈姆雷特性大过堂吉诃德性的人，木心在尼采身上看到的，或许是他自己。也正因此，他会讲和尼采是庄周和梦蝶的关系，对方是他精神上的情人。

十个读木心的人，读进去了，会说出十个不同的木心。

尼采和木心是打开的，让人进入，也让人走出。他这样说，"我今天告诉大家的话，是因为我前面有人对我说，我的一生，不能想象没有尼采"，今天哪位木心读者能说出些什么，能有一个自己的立场，因为前面有个木心，而木心前面，有尼采。但我不指望这种阅读会发生。

我相信德国人更感兴趣。此前他们无知，说起尼采如何如何，从来不会想到中国，现在他们知道了。我们在乌镇大剧院做了两场情境演出，由1982年出生的德国演员保尔·昂克扮演尼采，上海的丁建华扮演莎乐美，旅德钢琴家谢亚双子演奏尼采谱的曲子。那个德国演员只来了乌镇三天，都没好好逛逛，但飞回德国后，人还在法兰克福机场转机，就写信给驻德中国大使馆文化参赞陈平，说"我心中塞满了印象，完全不知道怎么表达"。

所以这个展览无形中对德国的意义，可能多于这里。少数有心的德国人会惊讶，在地球的另一端，有这么一个中国人这样读尼采。当瑙姆堡尼采文献中心主任艾岑伯格来出席开馆展时，他问我什么时候把木心的展览带到德国，我想，那时会有另一群德国人感到惊讶。这才是真的、双向的文化交流。

看你所写《魏玛之行——记商借尼采文献始末》，行文很平静，甚少感情流露，是因为年纪和经历到了一定程度吗？如果换做你喜欢的叔本华，会否不一样？

木心经常提哈代的那句话："多记印象，少谈主见。"我写文章几乎只谈印象。我不知道、也不在乎我有没有主见。"魏玛之行"陈述过程。如果我去借叔本华，也会这样写，我阅读叔本华多于尼采。

我在三十多岁读了《作为意志和表象的世界》，叔本华散文译本都看了，他说生命意志是盲目的，决定性影响了我。他写道：两万年前的岩石里找到一颗种子，种下去，结果还会发芽，为什么？种子不管的，就是要发芽，人也一样，不会问自己"为什么"活着，人就是要活着，还生孩子，不会替孩子想想他"为什么"会被生出来。

从此我差不多不会被认真的烦恼支配，他让我确信一切没有意义。当然，这太悲观，我问过木心：你怎么看叔本华和尼采，他说：一个是阴的、一个是阳的，一个说什么都没意思、都是盲目的，另一个说，不行、还得活下去，活出精神来。

他讲什么都很简单。但一个学说可没那么简单。我试着读过尼采，但从未读完。我从木心零零碎碎谈的尼采句子里，知道他非常好，比方"在自己的身上克服时代，成为无时代的人"；我读尼采，只记得他说，"爱美的女人是不会感冒的，她总会穿很少的衣服"；"艺术家为了艺术，必须懂得克制他的荷尔蒙"。

你看，我记住的尼采跟木心记住的尼采，非常不一样，我是个鲁莽的人，不关心"理论"和"思想"，感性的文字立刻记住，吸收，理智的部分反而不重视，会忘记。就像你说的，每个人都拿自己读对方。

我记得你是说叔本华一举消除了你的"种种生活困扰"，怎么讲？

人年轻时为种种事想不通，愤怒、焦虑、不安……所有烦恼都端着，认为自己很重要，不明白生活和命运怎么可以这样对自己。当有个人告诉你："喂，你就是一只虫子，你痛，你死掉，没人在乎的。"

一旦明白这个，真是太好了，有个总的问题，解决了。虽然我还是会兴奋、愤怒，因为我还是一条命，生命意志还在，但是背后会有个声音提醒我：什么都不足道，都是灰尘。

此行让我惊讶的是，叔本华真的过时了，他们确定告诉我，德国人忘记他了，德国没有叔本华故居。

"魏玛之行"中你写道，见到尼采的墓，让你感到安慰的是空无一人的寥寂，异端就应该是这样的孤寂。这是否也可以同样用到你对木心美术馆的设想上？

看来我的"印象"也带点"主见"。伟大人物的另一种命运，是被世俗化，比方莎士比亚，他成了英国的符号，木心说，只要有莎士比亚在，英国就不会亡国。鲁迅的情形又不同，他绝对是异端，按胡兰成的说法，他是叛徒，可是这个"叛徒"后来被造成神、无处不在，极端时期，这个神能够行使权力，他诅咒过的人会被逮捕。

当我进入尼采的墓地，发现他属于一小撮人，这也同样发生在托尔斯泰、贝多芬、莫扎特身上，我去过他们的墓。我的想象被再次证明：虽然他们名气大，在思想史、文学史、音乐史上太重要了，可是他们并不像我们被灌输的那样，在自己的国家具有鲁迅在中国这样一个位置：被神话，被政治化，谁也碰不得，必须永远念着他。不。尼采一直跟他诅咒的世界有距离，很远的距离，这个距离很珍贵。

音乐家、艺术家的影响，比思想家的影响更可见，思想家、包括一部分文学家和诗人，最后慢慢变成只对读他们的人起作用，他们的影响有时甚至不如一个无名的艺术家，我们到欧洲很多国家，会在大城市、小城市和小镇随处见到画家和雕刻家的作品，思想、理论得变成艺术，才会留得长久，当然，必须是足够好的艺术。

异端总是很少，而且只对异端发生影响。很多人年轻时可能是小小的异端，但他慢慢会被生活制服，按中国的说法，就是随俗。人到了中年、晚年还是异端，要不就是付出很大代价，要不一定是做了什么，让自己做得成异端。异端是脆弱的、不安全的、犯忌的。谁来养异端？异端反现存秩序、反俗世，首先会遇到生存问题。另外，还有被接受的问题，最早宣扬尼采的不是德国人，而是木心一再谈到的丹麦人勃兰兑斯。

木心一定是个异端，我曾希望他拥有读者，现在我觉得已经太多了，我甚至希望他没有故居、纪念馆，也没有美术馆，身后再寂寞一点，才更像他。他比尼采幸运，遇到家乡子弟陈向宏、遇到乌镇旅游业这么火，有了体面的身后事。他现在引起的关注仍不是大范围的，但已超出我料想，这不是我原先想象的，但事情就这样发生了。

一切会沉寂下来，该走开的人会走开，然后，木心会在别的时间，由别的方式和理由，又被想起来。我认同杜尚的说法，他说，人们每过三四十年会自动对一些被遗忘的人"平反"。我想，反过来说，每过三四十年，会有若干名字被淡忘——这才是对的。

所谓光照千秋，那是形容词。永远维持热度是反常的。我认同王朔九十年代说了针对鲁迅的反话，新世纪以后的鲁迅读者越来越少，我喜欢这个过程，这意味着再过几十年又会有人读他。时间非常有效，热一阵、冷一阵，如此反复，在时间的另一端再来读冷热之前的那个人，会有新的认识。

开馆展的水准很高，尤其是尼采展首次在亚洲国家举办，它为你的日后工作定了很高的调门，不容易被超越。据说今年会做一次汤显祖和莎士比亚这两位中英戏剧家的展览？

木心提到的人都是最高水准，我关心的是每年要弄得不一样。木心谈文学课第二多的人，就是莎士比亚——他说："威廉，你是仅次于上帝的人。"——皇家莎士比亚剧团愿意出借不同时期的《奥赛罗》和《威尼斯商人》的演出戏服，我在二十多个选项里摘了十个，看他们最后同意借几件。明年打算做歌德和席勒展，因为魏玛档案馆去年了解我们了，很乐意借出。后年呢，我想是陀思妥耶夫斯基和托尔斯泰，或者陀思妥耶夫斯基和卡夫卡。

为了莎士比亚特展，我年初跟伦敦国家图书馆有了联系,《文学回忆录》提到的英国作家手稿,这个馆都有,他们表示早就想跟中国有交流,所以我会再选一年,办英国作家手稿展。

这些想法来自我在纽约的经历,那里的美术馆经常举办大文豪和大艺术家的手稿展、文献展。中国的美术馆思路总是展览当代艺术,很少想到展览手稿和实物,这是木心美术馆的特殊点,也是我将来的工作有意思的部分,虽然不太容易,每年要去敲门跟人借东西。

我现在联系到汤显祖的故乡江西抚州,和他在浙江做过五年县令的遂昌,都愿借东西,但非常有限,有他亲手写的信和碑文。此外,我不知道有没有《牡丹亭》戏服可借。

以我去年借展的经历,国内美术馆、图书馆都不肯出借原本,只提供高仿真制品。国外美术馆的私立性质,意味着藏品是公共的,属于所有人;国内是公有制,公众却不能分享馆藏。我得提出来:为什么英国、德国愿意借,中国的国家图书馆、博物馆藏品,不肯借?那是他们的私产吗?

但我还知道没用的。绝对没用的。

杂谈美术馆

打边炉丨ARTDBL专访

今天下午开幕的巴尔扎克手稿展，是木心美术馆特展系列之一，当你们展出一位位文学大家手稿时，人物出场是随机过程吗？还是有某些契机来推动，或者隐藏了其他线索？

每年特展能不能办成，取决于收藏方愿不愿借。万事开头难。中国驻德大使馆文化参赞陈平先生牵线办成了尼采展，此后再去欧洲敲门借东西，人家就放心了。四年过去，路子渐渐打开。

但不是每家机构都愿意合作，卡夫卡纪念馆不肯借，土耳其皇家博物馆不出借波斯诗稿。有的馆回应礼貌，但没有下文。所以每年展什么，取决于对方。最大的困难不在国外，而是国内，京沪博物馆绝对不肯出借任何文物。

美术馆常设基础上，你希望系列特展塑造怎样的一种气质？

木心已经定了基调：具有历史维度的文学人物。落实到布展，我强调现代性。再古的文物，一定要拿出现代呈现方式。我看了太多欧美的馆，他们展出古希腊、文艺复兴、中世纪，或者一战前时代、纳粹时代、民权时代……但布展方式非常新，效果非常多样。

作为以常设展为主题的美术馆，一年做一两个特展的频次，如何体现在工作当中？

中国有很多个人美术馆，目前为止，可能没有馆主同时是文学家、诗人、画家。这是我们与其他个人美术馆的区别，目前已办了四年，形态和性格会逐渐清晰，再给我五年，应该更清晰吧。

目前还是以相对慢的、安静的节奏，作为机构，它怎么发展？

最具体是经费。乌镇公司每年大约用三四百万维持运营，目前衍生品和门票收入接近收支平衡，观众人数稳步增长，这是好事情。平均一年一个特展，两三个活动，部分靠募捐，部分公司承担。至于说静态，好的方面是不功利，不粗糙，不着急，尽量做得干净、高水准。负面，就是面向还不够开、不够动态，要想办法慢慢走出木心单一主题，跟外间多互动，这都牵涉到经费。

现在展览的制作费用越来越高，艺术家的要求也越来越高，这似乎没法回头，艺术愈发资本化。

过去有句话蛮对的："用比较少的钱，办比较多的事。"这个时代已经过去了。现在的许多大展览很难判断是否非要那么多钱。对比之下，木心美术馆不图大影响，但要好的影响。

你希望木心美术馆做的这些特展，能形成什么样的基本线索，把观众和研究者带入到怎样的情景？

我们无法跟国外成熟的小型美术馆比较。我的要求低到哪里呢？不管展览规模大小，先请进来。中国观众是不成熟的，先得看到真东西。今天的青年知道巴尔扎克吗？读过吗？感兴趣吗？答案是错位的。我们那代人狂热地阅读十九世纪文学，当年根本无法想象巴尔扎克的手稿、手模，会来中国。现在我们老了，年轻人看别的文学，十九世纪的展览倒进来了，就像木心讲的那样——"应该早饭吃的，晚饭才端上来。"

展览比较活跃的部分，是十几部根据巴尔扎克小说改编的电影放映。规模小，东西少，只能在空间、设计上多动点脑筋。

代际更迭，今后谁来继续？文化传递的热情和抱负会减弱吗？下一代关心的事情和我们太不一样，语境也换了，巴尔扎克、尼采、萨特，等等，是我们两代人的记忆，下一代阅读面比我们宽大，也更现代性，他们是否热衷于推动世界性文化？我不知道。

我倒没有你那么悲观，我们做"打边炉"的过程，和很多"九五后"合作，不少还是能够沉下心做研究，做好手头上的工作。

我接触的"八零后""九零后"，论知识结构，论眼界，论技术，比我们强太多了。许多个人、小圈子，默默做自己喜欢的事，做得很到位。但他们的动物性不够，太现实，很早明白哪些能做，哪些不能做，自觉退回个人领域，和大环境有点失衡。上两代人相反，太热情，太骚动，总有不着边际的野心，说得好听，就是理想。

几代人的演变，渐渐走向专业化，很现实，处处明白在社会中的个人角色，需要什么，回避什么。但我仍然看重动物性。

谈到年轻人的职业感，我觉得做艺术机构，最可怕的是职员像公务员一样，是科层化的状态，按部就班，事不关己。

这是世界范围的问题。

就像你在前面说的，动物性和人的自主性丧失了，这样的机构不会有可能性和想象的空间。

和平太久了，商业过度发达，层级越来越清晰，难以逾越，一切取决于技术，技术人格越来越固化。唯一能指望的是年轻人的新鲜血液，可惜年轻人的世界又会迅速固化。

我在看纪录片《号外》时，记住一个细节，当你发现尼采文献档案中心是一个人的机构时，你说："这就对了。"为什么是一个人"就对了"，你希望机构和做事的人之间是怎样的关系？

对，他在德国瑙姆堡一个人管尼采。我很惊讶，一幢楼从上到下，就艾岑伯格一个人，打扫卫生都是他。木心纪念馆、美术馆，必然是小众的，它能存在，是衡量一个社会的文明，说实话，这些事一个人足够了。自给自足的热情、自给自足的运作，真的够了。

极端的、相反的趋势，是我们这里的机构、名号、公司，不断产生，其实为了养人，为了饭碗。做文化，一切的一切，归结为个人。以前出版社总要有楼，美术馆需要场馆，网络电子时代，一个人可以演一台戏。有料、有影响力、有粉丝的人，就是巨大的场，一切围着这个人转，人对了，钱来了，优秀的人会去，事情就会发生，这在以前是不能想象的。

如今传播的趋势也是从组织转向个人。过去一个媒体首先要是单位，大院，大院也代表权力，现在都是以个人为中心，打游击战。但个人的能量反而超过了象征媒体权力的机构。

不能说那是一个人的能量，而是遇上今天的高科技传播，个人能量被空前放大了。我去过罗胖子的公司，楼上楼下都是人，只要他在，内容每天一条条出来，上亿人收看收听。

我不认同"知识付费"的说法，这样说，知识被夸张了，同时又贬低了。视频、音频，不是知识节目，而是语言节目。重要的不是知识，而是话语魅力，某个道理，某件事，某人说就有人听，换个人就没人听。我只听极个别节目，其他的，听几秒就关了。

一个机构做得好，这当中能不能形成组织化的制度，似乎是其次的。更核心的是有没有一个人对这个事情负责，事情做得好，做得坏，它要和一个人的声誉联系在一起。

我去过纽约最有名的艺术杂志的编辑部，就几间小房间，几个人。纽约的魅力在于它的视角永远是世界的，向世界辐射，你走进去，才两三个人，以其中一个为核心，长年累月影响世界。文化真的看个人，陈独秀办《新青年》，鲁迅办《语丝》，茅盾改革《小说月报》，这个时代过去了，真可怜。

作为美术馆馆长，你怎么看待一个机构的想象力问题？怎么把对机构的想象力注入日常工作？

没有机构的想象力，只有一个人的想象力。只要他能量够大。每个成功的企业、公司、机构，都这样，乔布斯、比尔·盖茨，就一个人，没这个人，再多人也转不起来。我把一切事归结到个人。

作为规模较小的美术馆，你觉得木心美术馆在当代文化生活中，扮演了怎样的角色？

我不想夸张这个馆，我不知道它扮演了什么角色。乌镇的初衷，我的初衷，是展示木心，谁有兴趣，可以研究他。但当初设计只考虑木心，他作品的固定陈列占了主要空间，我们想让更丰富、更有意思的内容进来时，发现剩余空间太少。

作为一个美术馆机构，你怎么思考木心美术馆的知识生产？你们要生产和输出什么？

我不太信任知识，知识不是了不起的事。当今时代，知识就在手机里。所谓知识，我落实在视觉上，你进美术馆能看到书里看不到的东西吗？能看到别的美术馆看不到的东西吗？能在同一个馆看到和去年不一样的东西吗？只要看到，你就发生兴趣，发生改变。

我在乎年轻人来看。年轻人是下载机器，我不关心他们能否理解，二十年、三十年后，他们早忘了看过哪个展览，但他记住了巴尔扎克的手稿或某张地图。我不关心一个人有多少知识，而是他获得知识、让知识生效的本领。我没知识，但我会处理讯息，这种处理比知识本身更有趣，更有用。我做事不靠知识。

今天下午你在开幕式论坛上讲，像你这代人，以前只能读巴尔扎克的书，但是今天现场的观众，不仅能够见到巴尔扎克的手稿，还有机会见到这么多研究者和专家，这对当地观众的影响是过去无法想象的，它会持续生效，影响他们很长时间。

没有这些展品，影响也会生效。我们年轻时读巴尔扎克，读十九世纪经典，每本书都是不全的，封面撕掉了，半本书扯烂了，仍然兴致勃勃，学到很多。绝不仅仅是书中的人物、故事，还有巴黎的街道，马车，茶壶，煤油灯，舞会，奶酪……种种关于生命和历史的讯息。你读过就读过了，很多年后，它们会跟其他讯息一起，在意识里起作用。

年轻太重要了，年轻人是全息动物，什么讯息都会发生作用，他自己未必察觉。今天的青年看到我们看不到的许多东西，未来会起作用的。

我们前面说到美术馆的教育和研究，你认为木心美术馆更偏向于一个教育机构，还是研究机构？

都不是。我不在乎研究，也不在乎教育，那是空洞的、被用滥的词。美术馆是提供观看的地方，我重视观看。在《局部》中我试着一再提醒观众：观看就是教育。你和展品面对面站一分钟，你跟此前就不一样了。你见过，我没见过，差别就此产生。

你多久来一次木心美术馆？馆长的工作在你众多事务中，处于一个怎样的位置？

差不多每个月来，倒不完全为木心。我没做过馆长，没管过一个馆，但我发现居然可以做。我爱上了设计，喜欢摆弄装置，馆里每样东西我都亲自摆。在国外看了大量博物馆，知道人家是怎么摆的，现在我可以在这里试试，很好玩，摆对了，我会高兴。

真理非常具体，几公分、几毫米差异，光怎么打、角度怎么调，效果完全不同，我在乎这个，要让人看不出来，但很舒服。

中国最近这十年，尤其是2008北京奥运之后，很多地方都出现了美术馆建设的热潮。我记得你在《局部》讲过，大都会艺术博物馆是你的大学，你觉得国内的美术馆、博物馆和大都会这样的博物馆相比，差距是什么，有可能去追赶吗？

差距太多了，要害，是我们馆藏的"货"太少了，中国再过一百年也不会有大都会艺术博物馆，殖民时代过去了，资本主义帝国主义的早期掠夺、采购，中国不在其中，反而被掠夺，被出卖。

想都别想。十五年前吧，北京中华世纪坛艺术馆宣称五年内达到大都会博物馆水准，十年内达到大英博物馆的水准，很豪迈。我被叫过去开会，当面对馆长说，你这是梦话。现在十五年过去了，中华世纪坛艺术馆有什么？超过谁？

不可能了。你没有"货"，已经在下风。只有一个办法，多请人家的好展览进来。世界性的固定收藏，就甭想了。可是没有世界性固定收藏，你的文化眼光永远是碎的，凌乱的。

其次是制度。没有好的、过硬的、持久的制度。我们没有过硬的美术馆人才，中国目前能够领先的是硬件，不是指美术馆造得好，而是，造得非常快。没有一个国家在不到二十年出现这么多美术馆，别忘了，那是房地产项目。

不少地方都投巨资建设了一个美术馆外壳，但是怎么做里面的内容，就不管了，外壳比内容重要。

早先急着脱贫，急着致富，如今急着弄摆设，就这么几个阶段。摆设什么？摆设得怎样？都不管。当然他们会有一套说辞，不少苦衷。中国目前的美术馆不是太少，而是太多，穷得要死的省份也盖巨大场馆，我不知道这叫做奢侈还是梦境，瞧着不真实，但你不能说它不是美术馆。

上海、北京还是出现几座惊人的美术馆，保持做下去，不断提升，三五十年后会很重要，眼下吸引世界头牌艺术家想来，这是十年前不可能的。目前最大功绩，就是都市人群，青年人，已经有了去美术馆的习惯，成了时髦，文化的事情变成时髦，是好事。

在乌镇，除了有木心美术馆，还有三年一届的乌镇国际当代艺术邀请展，木心美术馆邀请展之间，是怎样的关系？

不是我们馆和当代艺术邀请展的关系，而是，两个场所跟乌镇的关系。木心美术馆整个儿依附于乌镇，它的长远发展完全取决于乌镇的旅游经济和有远见的老总。没有这位老总，什么都谈不上。

所以希望乌镇好下去，游客量、服务品质，至少保持现状，美术馆就能存活，保持水准。说实话，眼下的环境，我对一个馆能做多久，不信任，也不期待。在馆一天，就好好做，不奢谈发展，做好，求稳，求品质。哪天做不成了，关门拉倒。

中国的很多问题都是"临时性"造成的，因为制度的原因，没法做"百年老店"，没法长远打算，这很要命的。

十年后我七十六岁，老总六十六岁，都该退休了，要是前景不如意，美术馆没了，我不遗憾。目前很幸运，团队的孩子不多，四五人，个个敬业。我做事高要求，低期待，甚至没期待，有一回做一回，每年老老实实给观众拿出大致像样的展览，在资金范围内做到自以为好，就行了。

十年前和你做采访，刚好是你回国十年；这次也巧，刚好是你回国快二十年。二十年风风雨雨，起起伏伏，你觉得当时回国是对的吗？

当然对的，出国也是对的。中国的大气运，千年不遇。我很知足。看画最好看原作，国家在转折点上，我愿意在现场。即便什么都不做，也愿意在，现场的感觉太不一样了。

2019 年 7 月 13 日

2015年11月木心美术馆建成开馆。开馆展共三项："尼采与木心""林风眠与木心""十九世纪汉译《新约》旧版展"。不记得什么原因，由我撰写的三展前言，竟未存档，现仅能提供展场图片。此后迄今，美术馆每年推出一项特展（展品几乎全部来自欧洲）和两三项活动。自下篇起，皆是2016年至2023年的特展和活动前言，并附展场与活动图片。

左页上图：尼采手稿和文物展柜。展柜的形制和尺寸复制了德国魏玛歌德和席勒档案馆（GSA）的展柜。左右墙面分别摘引了清末与民国时期著名知识分子议论尼采的语录，及木心论尼采摘选。中图：由德国瑙姆堡尼采故居提供的尼采照片与画像。下图："林风眠与木心作品"一角。本页上图："十九世纪汉译《新约》旧版展"展场。

莎士比亚与汤显祖

2016 年特展

汤显祖、莎士比亚，四百年前不知彼此。今岁，英国与中国接连举办了各种大型而密集的演出、活动与展览，纪念同在 1616 年逝世的这两位伟大的戏剧家。

本次木心美术馆特展，固因年份而躬逢其盛，但读过《文学回忆录》的朋友应该记得，木心曾以相当的篇幅谈论莎士比亚，并将汤显祖及元明清三代戏剧家的美学，与莎士比亚相比较。因此，在木心身后的美术馆推出这两位大人物的小小展览，无论如何是件有趣的事。

莎士比亚几乎没有留下真确的遗物，仅存的几笔签名，是真是伪，也有争议。此番能够商借的文物，是几位英国老戏骨扮演莎翁角色时所曾穿着的戏服。汤显祖位于江西故乡的坟墓，毁于五十年前，明清两代的珍本，其数寥寥。

他的画像，相传是清人所绘。现藏苏州的中国昆曲博物馆的一顶头面、一双绣鞋，倒是张充和先生早年在美国饰演杜丽娘时所穿戴。

以上物件，分别由英国皇家莎士比亚剧团、浙江遂昌汤显祖纪念馆、苏州昆曲博物馆慷慨出借。此外，伦敦大英图书馆提供的大量历史图像和BBC广播公司以莎士比亚为主题制作的大型专题影像，以及嘉兴市图书馆提供的莎士比亚剧本早期权威译者朱生豪先生手稿数件，亦可为此展增色，特此一并致谢。

"莎士比亚与汤显祖"展入口处。墙面下端的美人，取自莎士比亚《第十二夜》十九世纪版本插图。墙面上端图像，取自汤显祖剧本插图

木心与他的音乐故事

写在木心音乐首演之际

　　木心先生去世五周年了。他生前的大部分文学与绘画已有良好的展示，唯一难以面世的作品，是他三十多页未经整理，因而未能付诸演奏的音乐手稿。

　　木心不是音乐家，但缺失了他的乐稿的呈现，我们对他的了解是不完整的。五年来，敏感的读者经已选取他的诗作，谱写乐曲，允为美谈——2014年，青年音乐家刘胡轶将《从前慢》谱成歌曲，获选2015年春晚曲目，传唱一时，随之出现多个不同的版本。

　　2010年，木心仍在世，留学英国的中央音乐学院作曲系王纬达及两位研究生，曾数度联系木心，恳请协助老人整理乐稿并予试奏，惜因木心年迈而日衰，终未如愿。2011年冬，王纬达赶来出席了先生的葬礼。2012年初，在北京木心追思会上，另一位结识木心，并亲聆老人哼唱自己乐曲的女孩，泪流满面，站起来，高声背诵了那段旋律。

不久，我们在木心的遗物中发现了全部乐稿。

同在 2010 年顷，留美作曲家兼钢琴演奏家高平为《我纷纷的情欲》《论快乐》《恋史》谱写了带有伴唱的钢琴曲。2014 年，他又将《湖畔诗人》《旋律遗弃》《论拥抱》谱成乐曲。以上作品分别在成都、北京、洛杉矶、伦敦、惠灵顿、南宁、乌镇与他本人的作品一起演奏。

2015 年秋，木心美术馆开馆，魏玛为尼采特展送来尼采与莎乐美情境朗诵剧，留德钢琴家谢亚双子为朗诵剧，也为木心演奏了尼采创作的钢琴曲。

今年初，高平偕谢亚双子及另三位演奏家、歌唱家来到乌镇，在阶梯图书馆为老人举办生日演奏会。会后，高平慨然接受委托，整理木心音乐遗稿。过去半年，他将部分手稿转记为五线谱，为乐谱的单音旋律配置了和声与器乐，目前，两首乐曲完成了编译与再创作，并经反复排练：钢琴曲《未题》、钢琴与大提琴曲《叙事曲 1 号》。

此外，谢亚双子也受托为木心的单首乐曲完成初步编译。音乐学家、木心研究者牛陇菲随即写成《木心自度曲——谈木心遗乐及其整理改编》，对此事做了深入的学术探究，文中，他写到了木心早年的音乐家朋友李梦熊。

"音乐是我的命，贝多汶是我的神，萧邦是我的心……"这是木心老来回忆往事的诗句。他认定音乐高于一切艺术，试以音乐的神意注入他的诗文和绘画。他早年习奏钢琴，曾在上海育民中学兼授音乐课。在囚禁中，他自绘琴键，默然练习。他的所有遗稿不签署日期，我们无法测知写作年代，从若干残片看，即便身处屈辱不堪之境，他也会取用廉价纸片，甚至在医院门诊发票的背面，记录乐思。他半生磨难，不指望发表任何作品，他谱写乐稿，只因挚爱音乐。出于谦逊而虔敬，他至死藏匿自己工整而精美的乐稿，从未示人，唯在意兴湍飞的场合，对着年轻朋友，轻声哼唱。

襄昔，巴赫的音乐在其身后归于沉寂，经门德尔松只手整理，重现光华；舒伯特生前从未聆听自己的十部交响曲，日后乃由门德尔松指挥，始得奏响于人间，舒曼为舒伯特《第九交响曲》撰写了乐评——木心不会说自己是音乐家，他连五线谱也没有，唯无数次默诵简谱乐稿，毕生无缘聆听自己的乐音。

感谢王纬达、刘胡轶、谢亚双子对木心乐事的盍盍寸心，感谢高平的整理编创之功。这是一份近乎神奇的工作：我们赏读木心遗留的诗画，明知作者已逝，而当高平逐句诠释亡者的乐稿，木心的幽灵，同时进入高平的乐思。

　　值此隆重举办《木心音乐首演》之夜，木心就坐在我们中间，第一次聆听他的音乐。我确信，当木心乐曲终于被奏响的一瞬，他复活了。

2016 年 12 月 21 日

上图：音乐会开场时，高平走向木心从纽约带回的座椅、靠垫、小桌，点亮蜡烛
下图：钢琴与大提琴曲《叙事曲 1 号》演奏现场

遥远的旅程

2017 年大英图书馆珍宝展

过去百年，英国文学的中文译本逾百种。而好几代中国读者的英国想象，从未包括这样的场景：有一天，我们能在中国的图书馆或美术馆，亲眼看到英国文学家的珍贵手稿。

这一天到来了。今年年初，《从莎士比亚到福尔摩斯：大英图书馆的珍宝》在中国国家图书馆开幕。出于可喜的缘分，现在，大英图书馆特意为木心美术馆送来这一精致的小型手稿展，稿主分别是享誉世界文学史的拜伦、兰姆、王尔德、伍尔夫。当木心先生在文学讲席中热情谈及这几位英国文学家，绝对想不到他（她）们的亲笔手稿会来到乌镇。

此乃拜伦与王尔德最为遥远的旅程，更是中国读者的眼福。亲睹手稿，我们与英国文学史和我们据以译本的阅读史，两相交融。我相信，英伦大师之魂一定乐意见到他们远在中国的读者。

感谢大英图书馆，感谢为本次展览辛苦工作的各位人员。

上图：拜伦、兰姆、王尔德、伍尔夫十九世纪和二十世纪上半叶的旧版著作

下图：展场墙面从左至右分别是伍尔夫、兰姆、王尔德肖像剪影

《诗人之恋》

2017 年木心生日音乐会

　　孙韵，钢琴演奏家，昔中央音乐学院附中学生，师从周广仁、殷承宗，1987 年赴纽约曼哈顿音乐学院留学，年十七岁。经世界文学史课"校长"李全武引荐，得识木心，1989 年开课后，曾是听课生之一。1994 年文学课"结业"，木心指定在孙韵寓所举办结业酒会，孙韵与她的母亲为全体师生演奏了莫扎特《第 23 号钢琴协奏曲》。新世纪获博士学位，2002 年孙韵应上海音乐学院聘用，任教迄今。

　　在文学课诸友中，孙韵最年轻，也是唯一的音乐家，她性格爽朗，琴风豪迈。木心对各位画家学员各有不满，唯格外欣赏孙韵的才艺，当年他已不复弹奏的可能，每对孙韵，羡慕期待之情，溢于言表。孙韵爱敬木心，在自己毕业典礼被校方指定的三位听者中，特意请了木心。她在曼哈顿 57 街斯坦威琴行举行个人演奏时，也特意请木心带了我们几位，前往聆听。

那天她穿着繁花连衣裙，弹奏肖邦《第二钢琴奏鸣曲》，听罢慢乐章"葬礼进行曲"，我记得木心轻声对我说："喔哟，丈夫气！丈夫气！"弹奏结束后，木心趋前祝贺，朗声夸赞。后来说起，木心曾感慨道：比起他那一代演奏家，孙韵辈的技巧进了一大步，并对她的力度的把握，赞赏不已，唯称年龄尚小，尤欠阅历，说及此，木心正色道："将来这小鬼不得了！"

文学课散后，我与孙韵二十多年不见。去年秋，木心美术馆有莎翁与汤显祖特展，孙韵忽而翩然出现。老友重逢，喜出望外，而木心故去五年矣。岁阑，孙韵又赶来乌镇出席《木心音乐首演》，当即决定今岁木心生日当天，她要为老人弹奏一曲——木心与音乐的缘分，远未展开，前年美术馆初成，更不料青年音乐家络绎而来。今孙韵女士偕上海音乐学院师生亲临献艺，幸何如之，木心有灵，会听到当年的音乐小朋友为他奏响的琴声。

塔中之塔

2017 年木心耶鲁藏品高仿及文学手稿真迹展

四十年前，木心年届五十岁，画了五十幅画，缅怀自己的岁月。其中十数幅，是林风眠彩墨画影响之外的大胆拓展，另三十三幅小型风景则是他于上世纪六十年代起意实验的转印画，追寻伟大的宋元山水画记忆，并融入江南故园的想象。

1985 年，时就读博士学位的巫鸿为木心在哈佛大学亚当斯学院办了个展，获普林斯顿艺术史教授理查德·M.巴哈特激赏，称之为"时间终结处的风景"。九十年代初，经旅美画家刘丹引荐，亚历山大·孟璐（时任纽约日本协会美术馆馆长，现任古根海姆三星亚洲高级策展人兼全球艺术高级顾问）起意将这批小画并木心六十六纸文学手稿举办展览。1995 年，藏家罗伯特·罗森科兰兹全部收购了三十三幅转印画，2001年，捐赠给耶鲁大学美术馆。

　　同年，耶鲁大学美术馆举办了《木心的艺术：风景画与文学手稿》专展，由巫鸿、孟璐联合策展。此后两年，巡回芝加哥大学斯玛特美术馆、夏威夷美术馆、纽约亚洲协会美术馆。最后一站，该展易名为《山水记忆：木心的风景画特展》。四展期间,美国各家媒体评述文论共十四篇，与该展同名画册于耶鲁首展时问世。

　　木心美术馆建成后，经磋商，耶鲁大学美术馆于今春发来三十三幅木心早期转印画电子版，授权本馆制作高仿真品，与木心文学手稿真迹同室展出，俾便在木心的故乡还原耶鲁展全貌。在木心生前的一次访谈中，早已为该展拟定了标题——"塔中之塔"：

　　　　前一个塔是指伦敦塔，处境的类比，后一个塔是指象牙塔，性质的反讽，那末全句就是："伦敦塔中的象牙塔"。中国自"五四"以来，文艺论战，那"十字街头"的一派，惯用"象牙之塔"这个词诋斥对立的那一派，我与两派概无关系，只不过说：在被囚十伦敦塔中时我雕了座象牙塔。

　　以关押囚徒的"伦敦塔"典故暗喻自己的经历，以"象牙塔"明示自外于社会喧嚣的画路，这就是木心。身陷绝望岁月，这批小画与手稿是他的赎救之道，也是他仅存的愉悦。当年，这些作品不可能展示，也从未期待展示——"塔中之塔"。中国绘画史、中国文学史，恐怕再难得到另一个相似的隐喻。

"塔中之塔"展览现场，这是木心狱中手稿首次完整展览

他们都唱《从前慢》

2018 年木心美术馆《从前慢》演唱会

缪斯的加冕之夜，很寂静。

以上是木心的句子，意思是说，诗宜默念，不可出声。他又说：诗歌，诗歌，诗与歌是两回事。

昔年，席勒的诗有舒伯特谱曲，徐志摩的诗有赵元任谱曲，无数唐宋诗词原是为歌手而写，但木心认为现代的白话诗只宜默念，从未期待自己的诗有一天谱成歌曲。

这说法，有待争议，亦可深论。然而诗的传播方式终究由不得诗人。2007 年，音乐家高平以木心六首诗谱写了带有钢琴伴奏的独唱曲，巡演国内外，当时木心尚在世，并不知情。2014 年，湖北歌手刘胡轶将短诗《从前慢》写成流行歌，翌年入选春晚，由刘欢演唱。其时木心逝世三年了。我记得电视中看到刘胡轶对着《中国好歌曲》评委初唱《从前慢》，曲罢，刘欢立即说：请告诉我，词作者是谁……

我很难说清当时的感想。市面上无数流行歌，流行过后，《从前慢》很快会被忘记。不承想2015年迄今，这首歌相继出现多个版本：先有宜宾衣湿乐队以H-pop节奏改编全诗，增添了若干有趣的川语唱词。之后，浙江的叶炫清、香港的叶丽仪、上海的彩虹合唱团，据刘胡轶版本做了不同的演绎。

当初刘胡轶为什么独独选中这一首？在木心的大量诗作中，《从前慢》并非他格外得意的短诗。春晚效应固然使这首歌传唱一时，以我的揣度，后继版本并非仅仅因为春晚，而是原诗应和了今日青年的集体心理。那是一种怎样的心理呢？

> 从前的日色变得慢
> 车、马、邮件都慢
> 一生只够爱一个人

年轻人并未亲历"车马都慢"的时代，却被这几句话触动了。触动了什么呢——聆听《从前慢》的五个版本，我也感动莫名。倒不为木心，而是歌声传递了一种满怀向往的诚挚。明知一切再也慢不下来，这首歌似乎领着大家短暂出离疾速变幻的今世，唤起前世光阴的集体想象。这无从落实的想象。来自木心简朴的小诗。

这是木心的意思吗？在每一版《从前慢》的不同吟唱、不同语气中，老人的意思似乎变为年轻人的意思。

现在，五版《从前慢》演唱会将在乌镇登场。2016年，高平编创了两首木心谱写的乐曲，并于同年在乌镇演奏。本次音乐会，他将献上以木心原稿编创的第三首钢琴曲，汇入《从前慢》演唱会众声。

此外，原创者刘胡轶为木心的另两首诗——《春汗》《大卫》——谱写了新歌，前者由他本人献唱，后者，我们荣幸地请到并感恩谭维维女士亲临乌镇演唱。

我无法体会年轻人阅读或聆听木心的感受。当听到他的诗忽而变为歌曲——在他死后，被人唱出——我也无法描述我的感受。今年，又有五位陌生歌手根据木心其他诗作编创歌曲，并将录音寄来木心美术馆，寻求授权。怎么办呢：我们又感动，又为难。真正的困惑是，再也无法征询木心的意见了。他会欣喜、接纳、挑剔，抑或反对？他会笑吗？会不会像他每次聆听音乐时那样，敛容凝神，倾听他自己的诗变成一首歌，而且是五个版本。

我该放下我所记得的木心。他的诗早已和他告别，交给众人。在他暮年的遗稿中，我发现他两次写到这样的句子：

年轻人，唱歌跳舞吧！

演唱会结束后，主唱演员和彩虹合唱团团员登台合影。前排右一，《从前慢》原创作者刘胡轶。右二，彩虹合唱团团长金承志。左二，歌手谭维维

古波斯诗抄本

2018 年特展

过去三年，本馆先后推出几位木心所推崇的欧洲思想家、文学家手稿。今年，五份配有细密画的古波斯诗抄本，来到乌镇。

木心说，中国与波斯是伟大的诗国，开花太早，成熟太早。我们有理由悬想：七十多年前，就在乌镇东栅的茅盾书屋，少年孙璞正在阅读民国时期译介的波斯诗。晚年，木心在《文学回忆录》中热情讲述了古波斯诗人。

迄自十三世纪的波斯诗稿本，全部为手抄本，配有精美绝伦的细密画。那时，中亚细密画的手法与中国明代套色版画遥相接洽，日后，欧洲文艺复兴手绘《圣经》稿本及其插图，也受到中亚细密画的濡染和影响。

今天，瞩目于古波斯诗作的中国诗人，可能寥若晨星，波斯细密画则从未来到中国展示。作为亚洲人，我们对中亚文学艺术的兴趣和了解，太有限了。现在，我们在木心的故乡得以一窥古波斯诗抄本与细密画的珍贵原貌。

感谢牛津大学伯德利图书馆竭诚襄助。

"古波斯诗抄本"展览现场

文学的舅舅：巴尔扎克

2019 年特展

　　当木心说"巴尔扎克是我舅舅"，他说出了中国读者与欧洲文学的温馨时差：十九世纪法国小说的无数角色，活在中国的二十世纪，他们伴随从木心到我这代读者，渐渐长大，犹如近亲。

　　当然，"高老头"与"欧也妮·葛朗台"，全都获得汉译的名字。说到巴尔扎克，不该忘记伟大的傅雷先生。巴尔扎克是他中年后的翻译志业与内心救赎，而傅雷的结局，会让这位洞察人性的大师，蓦然惊觉：他的笔锋，仍对人间有所不知。

　　今天，无数中国青年去过巴黎，我与木心这一代，则是从司汤达、福楼拜、都德，尤其是巴尔扎克那里，想象法兰西。上世纪的四十年代末,木心曾为纪德的逝世哭泣，也为他不能去到巴黎留学而黯然神伤。他至死未能造访法兰西，现在，他的"文学舅舅"的手稿、遗物和手模，来到他的故乡。

　　十九世纪法国文学家是中国人的好朋友、老朋友。过去二十多年，中法文化交流超越了几代文学爱好者的想象。感谢巴黎市巴尔扎克故居馆长伊万·加缪先生，感谢他为这次展览亲自遴选了所有展品。

"文学的舅舅：巴尔扎克"展览现场

2020 年木心美术馆五周年音乐会

亲爱的观众们：

11 月 15 号，木心美术馆五周岁了！

乌镇旅游公司是美术馆的建造者，供养人，

木心美术馆的生日，也是乌镇的生日！

生日怎么过呢？木心早就在遗稿里忽然写道：

年轻的朋友们，唱歌跳舞吧！

钢琴家孙韵女士——木心的老朋友——为我们策划了生日音乐会。

有五人合唱团，有男低音朗诵，有大提琴、钢琴独奏，有美丽的女高音，有管风琴轰鸣，有木心自己的乐曲，还有猛烈的街舞……

风啊、水啊、一顶桥。五年来，成千上万的人越过这顶桥，走进美术馆。

　　还等什么呢，年轻的朋友们，唱歌跳舞吧！

上图：女高音黄英演唱拉赫玛尼诺夫《练声曲》，木心老友孙韵女士钢琴伴奏
下图：音乐会结束后，守护木心美术馆的全体馆员登台与演员合影

未知的缘分 *

2020 年 "米修与木心" 特展

这是想不到的事情。

1933 年，青年米修造访中国，到过上海。八十七年后，他的画来到这座城。

1948 年，青年木心盼望留法，未如愿，此后便在诗中写巴黎，好像他去过似的。

眼下，米修和木心出现在同一个展厅。以我对米修的无知，无法想象他瞧着木心的画，会说些什么；以我对木心的了解，他瞧着米修的涂鸦，想必浅笑着，不说话。

---

* 木心美术馆开馆翌年，意外得到巴黎现代美术馆策展人弗朗索瓦·米修的注意，建议将法国诗人画家亨利·米修的画与木心的画联袂展览。这是木心，也是米修第一次与另一位诗人画家同展。经三年多运作，2020 年夏先在上海当代艺术博物馆开展，接着，回到木心美术馆。

据说米修害羞而耿介，不喜欢公布他的肖像照片，他的手部的照片，于是成为本次展览的图像设计。木心同样耿介而害羞，正好，有一幅他将双手交拢的照片，似乎等着米修。

这真是想不到的事情。

感谢巴黎现代美术馆策展人弗朗索瓦·米修，五年前，是他动念撮合两位诗人画家弄个联展，虽然他从未见过米修与木心。感谢上海当代艺术博物馆承办本次联展，馆长龚彦女士曾赴法留学，比木心幸运。感谢同样幸运的董强先生——北京大学教授、法兰西学院院士、本次联展的另一位策划人——他在巴黎留学的博士论文，正是关于米修的诗画。

照中国的说法，这都是缘分——在中法两国之间，在巴黎与上海之间，在木心与米修之间，在诗与画之间。

这缘分的实现，连今年席卷全球的疫情也无能阻止。

"米修与木心"展在上海当代艺术博物馆展场。感谢馆长龚彦女士拨予巨大的展厅，是木心美术馆地下临展厅的十倍

未知的缘分

"我的天才女友——当文学成为影视"展览现场

当文学成为影视 [*]

2022 年特展

这项可能使观众感到陌生的展览，来自三重媒介：

2011—2014 年，意大利女作家埃莱娜·费兰特以每年出版一本的频率，写成四部长篇小说，每部各有题目，并称《那不勒斯四部曲》。

2018—2020 年，HBO 电视网和意大利国家电视台根据该小说原著，出品连续剧两季，名为《我的天才女友》，目前，第三季正在拍摄中。

---

* 2021—2022 年间，因大家知道的原因，我们无法举办预定的国外特展。低迷期间总要弄点响动，遂引进了当时正在热播的意大利连续剧图片展。这也是本馆试图在围绕木心主题之外，审慎扩展不同内容的尝试。果然，观众反响良好，展览期间举办的两场活动（包括与意大利导演及主演的隔空对话），直播点击逾两百万，青年人踊跃出席线下聚会，分享了各自与青春期"天才女友"的动人故事。此篇为 2022 年 10 月"我的天才女友——当文学成为影视"特展前言。

2019 年，鉴于读者与观众的热情回应，该剧剧照摄影师艾德华多·卡斯塔多在那不勒斯展出了拍摄过程累积的照片，现在，这些照片就在诸位眼前。

近百年来，根据小说改编的影视作品，持续问世，文学故事的传播乃变身为全新的形态、全新的文化。费兰特的小说从畅销到热播，仅只数年，而这一图片展见证了意大利新现实主义美学，葆有持久的魅力。

未曾看过此剧，未能读过这部小说的观众，会不会发生兴趣，我不得知。疫情经年，原本商妥的专题展无法越洋而来，我们推出这项偏离木心文学主题的展览，是一种尝试。但我仍看到此一展示与木心的勾连：二十七年前，当木心分析了现代文学种种流派的诸般长短，感慨道：

今后的文学的希望，恐怕还是现实主义。

固然，"现实主义"一词可有多种释义，但在新世纪，费兰特的小说或许能被视为现实主义传统的罕见回声。她的写作深藏现代文学理念，而以传统小说的叙事能量和写实力度，塑造人物，展开当代生活的画卷。能被改编为影视的小说，大致是叙事的、写实的，《我的天才女友》被HBO 视为改编的上选，实属情理之中。

顺便一说，费兰特也是个资深的隐匿者，从不露面，从不参与出版后的宣发与签售。她确乎映证了木心反复称引的福楼拜那句话：

　　　　显示艺术，隐退艺术家。

"我的天才女友——当文学成为影视"展览现场

"鲁迅来到乌镇"展览现场

鲁迅来到乌镇

2023 年特展

　　鲁迅的读者，度越好几代人。今天，曾与鲁迅活在同一世代的角色，恐怕找不到了——木心出生那年，鲁迅四十六岁，正在广州教书。鲁迅辞世那年，木心九岁。十年后，1946 年，上海美专的学生们去城郊万国公墓祭拜鲁迅，其中就有木心。

　　木心终生爱敬鲁迅，不断不断想念他、谈起他，在纽约的文学讲席和晚年遗稿中，随处留下语及鲁迅的段落。2006 年归来乌镇，木心唯一发表于报端的稿件，是《鲁迅祭》，那是他的夙愿，也是他暮年写作中最后一篇完整的散文。

　　相较京沪、广州、厦门、绍兴的鲁迅纪念馆陈列，这是一场小型而亲切的特展，亮点是鲁迅收藏的画，因木心是位画家，而五四那代先驱，以鲁迅对美术的眷爱与博识，并世无第二人。

鲁迅购藏的汉画像石拓本，计六千二百余枚，欧洲与中国的原拓版画，则逾四千多幅。其中，这次展览我们舍去了通常备选的珂勒惠支与比亚兹莱，而聚焦尚未被重视的其他作品，借此以现代美术史范围，见证鲁迅异乎寻常的眼界。他不仅瞩目于当时苏联人绘制的文学插图，还搜罗那时刚在欧洲兴起的立体主义、表现主义、Art Deco，等等，九十年前的欧洲，现代版画尚属留待争议的新生事物，鲁迅已经热心购藏，并以之化育了第一代中国木刻家。

鲁迅的文学立场或可被简化为"左翼"，但他的绘画观，视野开阔，慧眼独具，怡然超越当时弥漫欧洲与中国的政治光谱，而这份私人收藏的范围和品质，均属一流，等同于今日欧陆博物馆典藏级别。本次借展的作者——法国人莱热、格莱切斯，德国人佩希斯坦因、赫比格、马克斯·恩斯特、梅斐尔德，奥地利人柯柯式加，捷克人霍夫曼、科秉，苏联人舒景、克拉夫钦科、莫恰洛夫、梅泽尔尼茨基、布多戈斯基、亚力克舍夫——今已载入欧洲各国美术史册。

与鲁迅无可争议的文学影响相比较，他生前何以格外看重视觉艺术，是有待进一步探知的命题——倡导美育的蔡元培，旅德期间曾买过十余枚立体主义的纸本作品，日后全数散失——而鲁迅之后，直到今天，几乎再没有哪位中国文学家有过相似的艺术情结和美学教养。我们不得不惊异：远在上世纪三十年代，鲁迅便展现了惊人的直觉和远见。

"鲁迅是不会善视我的。"这是木心在遗稿中诚实而可爱的道白，其中的维度，颇可思量。今次木心美术馆请来鲁迅，家住东栅的小孙璞想必欣喜莫名。为取悦这位祖籍绍兴的乌镇男孩，我们贸然将1933年鲁迅与萧伯纳、蔡元培合照的身影，分离出来，配上那年不到六岁的孙璞的剪影，依傍着他所挚爱的鲁迅。

我猜木心看到这张合成的图，会有两个反应。要么笑起来，说：蛮好蛮好。要么断然否决：弗可以弗可以！我现在的快感，就是不必再征得他的同意了——我记得有一次和他看鲁迅和萧伯纳合影，他很赞赏地说：你看看你看看，鲁迅立在伊旁边，照样派头好！

鲁迅来到乌镇